「ああ、可愛いね。もっと鳴いてごらん」
うっとりと囁きつつ、
愉悦に身悶えするアウローラの小ぶりな乳房をやんわりと摑むと、
その中央の薄赤い尖りを指で抓んだ。

腹黒王太子は政略結婚の幼な妻に愛を乞う

春日部こみと

Vanilla文庫

腹黒王太子は政略結婚の幼な妻に愛を乞う

目次

イラスト／蜂 不二子

プロローグ

王宮の中庭にあるミモザの木がさわさわと葉擦れの音を立てた。夜風に乗って花の芳香が辺りに柔らかく漂っていく。紺碧《こんぺき》の空には銀色の月がぽっかりと浮かび、薄絹のような月光が噴水の水に降り注いで、宝石さながらにキラキラと煌《きら》めいていた。

完璧なまでに美しい春の宵だ。その完璧な夜に、芳しいミモザの香りを嗅ぐことも、月を見上げることもせず、二人きり、寝室に籠る若い夫婦があった。

高い天蓋《てんがい》付きの豪奢《ごうしゃ》な寝台《ベッド》で絡み合う男女は互いに夢中だ。

相手のことしか目に入らぬといった様子で、男は女を愛撫《あいぶ》しながら、巧みな手つきで彼女の夜着を剝《は》ぎ取《と》って生まれたままの姿にしてしまう。

「……ぁ、ああっ……」

細く甘く嬌声《きょうせい》を漏らす妻は、炎のような朱金の髪に琥《こ》珀色《はくいろ》の大きな瞳を持つ愛らしい女性だ。四肢は仔鹿のように細く、あどけない容貌はまだ少女のようにも見えるが、この春に十八歳となった立派な成人女性である。

彼女こそ、このルドニア王国の王太子妃であるアウローラ・クラーラ・ピソ・エカソニヌスだ。そしてそのアウローラを膝の間に座らせ、背後から抱き締めて愛撫するのは、彼女の夫メルクリウス・ジョン・アンドリュー——この国の王太子である。

金糸の髪に真夏の空のような青い目の甘い印象の美丈夫で、自らの愛撫に悦《よろこ》ぶ妻を愛《いと》おしげに見つめている。大きく開かせた妻の脚の付け根には、男の骨ばった手が妖しく蠢《うごめ》き、そこから淫靡《いんび》な水音が立っていた。

「……ほら、ここが気持ち好《い》いんだろう、アウローラ」

笑みを含んだ甘い声を耳元に注がれて、アウローラは細い顎を上げる。夫の熱い吐息が耳朶《じだ》を擽《くすぐ》ると、ぞくぞくとした震えが背筋を走り抜け、それに合わせるようにまたじゅわっと隘路《あいろ》の奥から愛蜜が溢《あふ》れ始める。

「あっ、そんな……メルクリウス、さまぁっ……！」

恥ずかしくて哀願するように名を呼ぶと、夫はとろとろと零《こぼ》れ出す淫蜜を指に纏《まと》わせ、滑りの良くなったその親指で蜜口の上にある秘豆を擦ってきた。

強い快感に襲われ、アウローラは悲鳴を上げて腰を跳ね上げる。

メルクリウスはクスクスと笑いながら、妻の額にキスを落とした。

「ああ、可愛《かわい》いね。もっと啼いてごらん」

夫の声はうっとりと満足そうだ。彼は愉悦に身悶《みもだ》えするアウローラの小ぶりな乳房をやんわりと摑《つか》むと、その中央の薄赤い尖《とが》りを指で抓《つま》んだ。

「ひぅんっ」

敏感な場所をいっぺんに弄《いじ》られ、また甲高い声が出た。大きな琥珀色の瞳は潤み、熱した蜂蜜のように蕩《とろ》けている。熟れた果実に似た赤い唇は薄く開いたままだ。

きっとだらしない顔をしていると思うのに、メルクリウスの目は嬉《うれ》しそうに弧を描く。

「ああ、本当に、なんて可愛いんだろうね、僕の妻は」

低い声で感嘆しながらも、アウローラを苛《さいな》む手の動きは止まらなかった。

身体の中に蓄積された甘く熱い痺《しび》れが、破裂してしまいそうだ。

「あっ……ぁあ、ああ……！」

手脚が小刻みに戦慄《わなな》き始めた。柳腰が揺れる動きに、メルクリウスがごくりと唾を吞《の》む音が聞こえる。まるで獲物を前にした肉食獣のようだとアウローラは思ったが、胸の先を強く抓《つね》られて思考が霧散した。

「きゃうっ、あ、ぁああっ、メルクリウスさまぁ……！」

膨れ上がった淫らな悦《よろこ》びが、アウローラの視界を白く染めていく。逃しきれない快感に、小さな爪先がシーツを搔《か》き、嫋やかな身体が弓なりになった。白魚のような手が夫の腕を命綱のように摑むと、果実のような唇からは切羽詰まった嬌声が上がった。

「いく……い、っちゃう……！」

「いきなさい、アウローラ。快楽に蕩けた可愛い顔を、僕に見せて」

夫に優しい声で促され、アウローラは一気に高みへと駆け上がる。

ばちん、と目の前で快楽の火花が飛んだ。

「ひぁ、あああっ」

一際高く鳴いた後、四肢をガクガクと震わせるアウローラを、メルクリウスの逞《たくま》しい腕が抱き締める。その温かさに安堵《あんど》して、アウローラはゆっくりと身体を弛緩《しかん》させていった。

「上手にいけたね。アウローラ。とても可愛かったよ」

絶頂の余韻にぼんやりとしていると、メルクリウスが何度もキスを落としてくる。夫の唇の優しい感触を味わいながら、アウローラはじわりと不安が胸に滲《にじ》み出すのを感じた。

濃厚さをそぎ落とした啄《ついば》むだけのキスは、行為終了の合図だからだ。

（ああ……また私、一人だけ……）

未《いま》だ速いままの自分の心臓の音を聞きながら、アウローラは心の中に広がっていく灰色の不安に、そっと目を閉じた。

――また自分だけいかされてしまった。

夫婦の閨事において、いつも行為は一方的だった。メルクリウスがアウローラを愛撫し、その技巧で妻を絶頂へと追いやると、終了だ。メルクリウスが達することもなければ、妻が自分に触れることも許さない。

今だって、裸のアウローラに対して、彼は夜着をしっかりと着こんだままだ。

これが正しい閨事の在り方だとは、いくら箱入りのお姫様であったアウローラとて思っていない。それどころか、本や噂話《うわさばなし》で予習をしまくっているので、耳年増と言っていいほどの知識は持っている。——知識だけは。

（メルクリウス様が満足していないのは分かっているわ）

今まさにくったりと夫に身を預けているから、お尻にその存在をはっきりと感じ取れる。

硬く、熱いもの——それがメルクリウスのおしべであることは、間違いない。男性が性的に興奮すると、それが大きく、熱く、そして硬くなるのだと、本で読んだのだから。

（今日こそッ……！）

アウローラは萎えた四肢に鞭打《むちう》つようにして身体を起こすと、くるりと後ろを振り返って夫に縋《すが》りつく。

「メルクリウス様……今夜は——」

期待を込めた瞳で見上げたが、メルクリウスの美貌に浮かぶのは、困ったような微苦笑だ。いつもの、拒絶の表情だった。

「だめだよ、アウローラ。君が十九歳になるまで待つと言っただろう」

また同じ台詞《せりふ》だ。アウローラは落胆に表情を曇らせた。

『君が十九歳になるまで』

「――でも……！」

アウローラは言い募ろうと口を開く。なにしろ、もう五年もこの調子だ。夫婦とは名ばかりで、夜の営みを満足にさせてもらえていない。

（私だって、メルクリウス様に触れたいのに……！）

彼に触れたいし、気持ち好《よ》くなってもらいたい。それだけじゃない。ちゃんと本当の夫婦として、メルクリウスをこの身に受け入れたいのに。

「私は十八歳になりました！　この国ではもう十分に大人ですわ！　だから……」

訴えるアウローラの唇を、メルクリウスの長い指がそっと押さえた。

「――だめだよ」

妻の言葉を遮るその声は、とても静かで優しい。そして、自分を見つめる夫の青い瞳が切なげな光を浮かべているから、アウローラはそれ以上言えなくなってしまうのだ。

唇を噛《か》んで俯《うつむ》く妻に、王太子はわずかに眉根を寄せると、その腕の中に閉じ込めるようにして抱き寄せた。

「愛しているよ、アウローラ」

夫の紡ぐ愛の言葉に、若い王太子妃は俯いたまま小さく頷《うなず》く。

言えない言葉が黒い小石のように心の底に溜《た》まっていくのを、見て見ぬふりをしながら。

第一章　妃はため息をつく

色とりどりの薔薇《ばら》が、溢れんばかりに咲き誇っている。

ルドニア王国の王宮であるこのルキア城は、別名『薔薇城』という。薔薇の木立で造られた大規模な迷路園をはじめ、東西南北に配置された庭の全てに薔薇が植えられていて、しかも四季咲きのものが多いため、冬以外のどの時期にでも薔薇が咲いていることから、その異名がついたのだ。

この薔薇城の中でも、王太子妃アウローラが住まう南宮に面したこの南庭には、鮮やかな朱色や橙色《だいだい》をした大輪の薔薇が多い。妃を溺愛している王太子メルクリウスによって、アウローラの髪の色である赤銅色に似た色の薔薇へと植え替えられたからだ。

夫からの愛に溢れた庭の中で、アウローラは小さくため息をついた。

すると微《かす》かなその吐息に気づいた女官が、すかさず声をかけてくる。

「妃殿下。紅茶に何か問題がありましたでしょうか」

「えっ？」

問われてようやく、アウローラは自分が女官の淹《い》れてくれた紅茶のカップを手にしたまま、ため息をついてしまったことに気づいた。

今日の午後は珍しく予定が空いたので、女官に「たまには気分を変えてはどうか」と提案され、こうして庭でお茶をしているのだった。自分のため息のせいで女官をいたずらに不安にさせてしまったと、アウローラは慌てて首を横に振る。

「いいえ。とても美味《おい》しいわ。香りが素晴らしいわね。ありがとう」

にっこりと微笑《ほほえ》めば、女官がホッとしたように頷いた。

「お口に合ったようで、ようございました」

「あなたはお茶を淹れるのが上手ね。あなたのおかげでお茶の時間が楽しみなのよ。いつも美味しいお茶をありがとう」

「まあ、もったいないお言葉です、妃殿下」

アウローラの誉《ほ》め言葉に、女官が頬《ほお》をピンクに染めながら頭を下げる。

王太子妃と女官の和やかで微笑ましいやり取りに、周囲に侍《はべ》る者たちが目を細めて眺めていた。春の陽射《ひざ》しが麗《うら》らかな午後、薔薇の咲き誇る庭園でのお茶会――。絵に描いたように完璧な光景に、けれどアウローラは心の中で自嘲を零した。

(こんな美しい日常を送ることができるなんて、あの頃の私には想像もできなかった……)

あの頃――このルドニア王国に嫁いで来たばかりの、五年前。

アウローラはまだ十三歳の子どもだった。

大陸で最強国となったサムルカ帝国の皇帝の三女として生まれ、望めば叶《かな》わぬもののない生活を送っていて、自分がそれだけの価値ある人間なのだと信じて疑わなかった。

傲慢で愚かな小娘だったのだ。

外交で帝国を訪れた異国の王太子に一目惚《ひとめぼ》れをして、逸《はや》る恋心のままに父帝に強請《ねだ》った。

『あの人の妻になりたい』と。

(今から思えば、浅慮としか言いようがないわ……)

その時のことを思い返し、アウローラは恥ずかしさに奥歯を噛む。

父譲りの銅《あかがね》色の髪に琥珀色の瞳を持って生まれたせいか、アウローラは父帝に特に可愛がられた子どもだった。そのお気に入りの娘にせがまれ、父はあっさりとその異国に政略結婚を申し入れたのだ。

アウローラが一目惚《ぼ》れしたのは、海を挟んだ隣国、ルドニア王国の王太子メルクリウス・ジョン・アンドリュー――当時二十歳になったばかりの若者だった。

破竹の勢いで強国となったサムルカ帝国の軍事力は強大で、歴史は長いがさほど大きくもないルドニア王国に逆らう力はなく、皇帝の申し入れは是非もなく受け入れられた。

当然のように自分の望みが叶えられたアウローラは、意気揚々とルドニア王国に嫁いだ。

しかし、嫁いですぐに思い知らされることになった。――自分がいかに世間知らずで幼稚であったかを。

嫁ぎ先のルドニア王国でアウローラは、表向きは歓待された。

義両親となる国王夫妻は丁重に扱ってくれたし、夫となったメルクリウスは優しかった。

だが王宮の女官たちの態度は、慇懃無礼《いんぎんぶれい》を絵に描いたようなものだったのだ。

むろん、帝国の皇女に対しあからさまに無礼を働くものはいない。しかしその視線や所作に、アウローラに対する嫌悪が滲《にじ》み出《で》ていた。

それが何故《なぜ》か分からず、最初、アウローラは腹を立てた。理由もなく嫌われれば、いい気持ちがするわけがない。だから腹立ちのままに自分の正しさを主張したし、反論する女官たちを正論でやり込めたりもした。

(……本当に、子どもだったわ。嫌悪に自分の知らない理由があるなんて、思いもしなかったのだから)

理不尽な思いをさせられるだけの理由はちゃんとあったのだ。実はメルクリウスには、幼い頃から決まっていた婚約者がいた。それなのに帝国の横槍《よこやり》が入ったことでその話は破談となり、元婚約者の女性は別の男性に嫁がされてしまったらしい。

元婚約者である侯爵令嬢ミネルヴァは才色兼備として知られ、『淑女の鑑《かがみ》』とまで呼ばれている女性だった。王妃の覚えもめでたく、幼い頃より王宮で妃教育を受けていたそうで、王宮の女官たちは皆、賢く優しいミネルヴァに心酔していたのだ。

女官たちの態度は褒められたものではないが、ミネルヴァを追いやったアウローラに、彼女たちが嫌悪を抱いても仕方のないことなのかもしれない。

それよりもアウローラは、自分の横恋慕のせいで二人の仲を引き裂いてしまった事実に驚き、自分の浅慮さを恥じた。恋した人に他に恋人がいるかもしれないなんて、考えてもみなかったのだ。けれど知らなかったから無罪なわけではない。

ならば、今自分にできることをするだけだ。自分に非があるのにそれを認めないことも、非がある自分のままでいることも、アウローラの矜持《きょうじ》が許さなかった。

とはいえ、ミネルヴァは既に他へ嫁ぎ、アウローラが嫁してきてしまった後だ。今更なかったことにできる状況ではなく、できることと言えば、王太子妃として相応《ふさわ》しい自分になることだけだ。

それ以来、アウローラは努力し続けてきた。

幸運にも、ケント公爵夫人となったミネルヴァが、王太子妃の教育係を引き受けてくれた。彼女は噂《うわさ》に違わぬ高潔な女性で、王宮の女官たちと冷戦状態となってしまっていたアウローラの窮地を見かねて、問題解決のために尽力してくれたのだ。

彼女の地位を奪った相手だというのに、そのことを全く気にした様子も見せず、ひたすらに親切なミネルヴァに、アウローラは心を開かずにいられなかった。

いつしかミネルヴァを『お姉様』と呼び慕うようになると、女官たちの態度も軟化していった。

女官たちとの関係が修復した後も、アウローラはミネルヴァをお手本に、淑女訓練を重ねていった。その結果、嫁いできて五年経《た》った現在、『完全無欠の王太子妃』と呼ばれるようにまでなったのだ。

(私がここで、こうして優雅な時間を過ごせるのも、全部お姉様や、周りにいてくれる女官たちのおかげ……。そしてなにより、夫であるメルクリウス様のおかげだわ)

彼が最初からアウローラを妻として大切にし、尊重してくれているから——そうでなければ、アウローラはこの国で『敵』のまま、馴染《なじ》むことなどできなかっただろう。

メルクリウスはいつだってアウローラを励まし、味方でいてくれる。

後から聞いた話では、ミネルヴァに教育係として登城してほしいと頼んでくれたのは、他ならぬメルクリウスだったらしい。一方的に婚約破棄をした相手にそんなことを頼むのは、誰が聞いても厚顔無恥だと思うだろう。ミネルヴァも、そして彼女の夫であるケント公爵も呆《あき》れたに違いない。王太子としての矜持を損なう行為だったのに、自分のために頼んでくれたのだと思うと、アウローラは胸がいっぱいになって泣いてしまった。

いつも飄々《ひょうひょう》としていて笑顔を崩さないメルクリウスは、それでいて心の裡《うち》を誰にも明かさないところがあり、一部の人間からは『腹黒王太子』と呼ばれている。

(その通り、腹黒なのでしょう。そうやって『王太子』としてこの国を守り続けている方なのだもの)

メルクリウスはとてもストイックだ。笑顔の下には、全てを計算して物事を自分の望む方向へ運ぼうとする支配者の顔がある。

目的のためならば、自分の矜持などアッサリと捨ててしまえる人なのだ。王太子としての責任を誰よりも理解していて、この国のために「這《は》い蹲《つくば》って土を舐《な》めろ」と言われれば、躊躇《ためら》いなくそうしてみせるだろう。

(――ちょうど、私との結婚を受けた時のように……)

断ればそれを理由に、帝国が侵略の鉤爪を向けるのが分かっていたのだ。

(メルクリウス様が私を大切にするのは、この国のため……)

きっと彼にとっては、ミネルヴァとの婚約も国のためでしかなかったに違いない。ミネルヴァは『完璧な王太子妃』になれるからという理由だ。

だがその申し分のない相手との婚約は、帝国の横槍で破談になった。ならば今度はアウローラを『完璧な王太子妃』にすればいい――メルクリウスはそう考えたのだ。そしてそれを実行した。ミネルヴァを利用し、アウローラの矜持を利用し、自分の目的を達成したわけだ。

己の目的のために他者を意のままに動かそうとするメルクリウスは、冷酷非情とも言えるだろう。

だがアウローラはそんな彼のことを、とても尊敬していた。

(王たる者、己の目的を理解していなければならないし、それを達成する業を持たねばならないもの)

一代で奴隷から皇帝へ成り上がった巨星を父に持つアウローラにとって、メルクリウスの冷徹さは王としての素質であり美徳だ。欠点であるわけがない。

幼い頃の一目惚れだったけれど、あの時の自分の勘は正しかった。

メルクリウスこそ、自分が生涯かけて愛すに相応しい、唯一の男性なのだ。

だからこそ、いずれ国の王となる彼の片翼となるために、そしてなにより彼の妻として相応しい女性になろうと日々努力を続けているのだが──。

(ああ、本当に、どうしたらいいのかしら……)

アウローラは美しい庭園の風景を眺めながら、心の中でもう一度ため息をつく。

(確かに私はこのルドニア王国の王太子妃として、その地位を盤石なものにしたわ)

だがそれは、砂上の楼閣のようなものでしかないのだ。何故なら、アウローラはまだ本当の意味では、メルクリウスの妻となってはいないのだから。

つまり二人は夫婦だが、まだ閨を共にはしていないのだ。

『アウローラ。君の身体は未熟だ。幼いその身に無体を強いれば、子を産めない身体になりかねない。だから僕は君が大人になる時——君が十九歳になるまで待つつもりだ』

アウローラがこの国に嫁いで来たのは、五年前の十三歳の時だった。初夜の床でメルクリウスは、アウローラが母国サムルカで大人と認められる年になるまでは、契りを交わさないと告げたのだ。このルドニア王国で成人は十八歳とされているが、アウローラの出身国であるサムルカ帝国では十九歳と定められている。

以来、彼はベッドで毎回同じ台詞を吐き続けている。

初夜当時、アウローラは小柄なせいか身体の成熟が遅く、初潮もその年に迎えたばかりだった。二十歳のメルクリウスには子どもにしか見えなかっただろう。だから仕方ないと、その時はしぶしぶながらも納得した。

（でも、もう私は子どもではないわ……！）

アウローラは今年の春に十八歳になった。十八歳は十分に大人なはずだ。少なくともこの国ではそうだし、サムルカ帝国では来年だ。一年など誤差の範囲内ではないのか。

その証拠に、メルクリウスはアウローラが十八歳になった時から、触れてくれるようになった。それまでは同じベッドに眠っていても、親子のように添い寝するだけで、親密な行為は一切なかったのに、夜着を脱がされ、甘いキスをされ蕩けるような愛撫をされるようになったのだ。

けれど、「ようやくこの日が」と歓喜したのも束《つか》の間《ま》、メルクリウスは最後まで閨事を完遂することはなかった。手練手管でアウローラの全身を隈《くま》なく愛撫し絶頂まで押し上げた後、優しいキスをして終えてしまったのだ。

つまり、閨事の授業で習った「おしべとめしべの結合」は成されていないのである。

（こんな……こんな生殺しってあるかしら？　十九歳までって言うけれど、もう身体は大人なはずよ。だからこそ、メルクリウス様だって触れてくれているのでは……？）

一年など待つ必要はない、早く抱いてくれと、アウローラは何度も夫にせがんだが、彼は頑として受け入れてくれない。毎度同じ台詞を吐いて、閨の行為を途中で終わらせてしまうのだ。

当たり前だがメルクリウスはこの国の次期王であり、後継者となる子どもを求められる。だから妃であるアウローラには彼の子を産むという重大な責務が課せられている。

それなのに子どもを産むどころか、子どもを作る行為すらまっとうできていないのである。こんなていたらくで、胸を張ってメルクリウスの妻であると言えるわけがない。

（……ああ、どうしたら、メルクリウス様に抱いていただけるのかしら……？）

いっそ自分のサロンで話題に上がった媚薬《びやく》なるものを手に入れてみようか、などと不埒《ふらち》なことを考えながら、アウローラは切ない気持ちで紅茶を啜《すす》ったのだった。

＊＊＊

甲高い剣戟《けんげき》の音が闘技場に鳴り響く。

王立騎士団の訓練場でもあるここで、訓練に勤《いそ》しんでいなければならない騎士たちが、何故か訓練場の中央を熱心に見入っていた。

さもあらん。そこではこの国の王太子メルクリウスと、王弟殿下――いや、臣籍降下したケント公爵が、剣を取って練習試合を行っているのだから。

両者共に剣の腕前はかなりのもので、その二人が戦う様はまるで剣舞のように流麗だ。おまけに両者とも、美形ぞろいと名高いルドニア王家の血を色濃く継いでいて、金髪碧眼《へきがん》の目を瞠《みは》るような美形ときている。

となれば、その試合はもう、美しい役者の演じる剣舞の舞台のごとき華麗さである。

騎士たちが職務を忘れて見惚《みと》れても仕方ない。

試合が長引いたせいか、公爵の剣筋にブレが生じた。そのわずかな隙を見逃さず、王太子が素早い一歩を踏み込んで、公爵の首元に剣先をビタリと突きつける。

「――参った」

低い声で公爵が敗北の言葉を吐き出すと、周囲がワッと沸いた。男達の怒号のような雄《お》叫《たけ》びに、メルクリウスは笑顔で手を振りながら叔父であるケント公爵――マルスに近づいて、右手を差し出した。

「良い試合でした」

にやりと口の端を上げてマルスを見る顔は、イタズラをする少年のようだ。マルスは不本意そうに眉根を寄せたが、フンと鼻を鳴らした後、甥《おい》の手に自分の手を重ねて握る。

「腕を上げたな」

七つ上なだけのこの叔父とメルクリウスは、半ば兄弟のように育った。美しすぎる容姿ゆえに少々捻《ひね》くれた性格になったマルスは、とある理由からよく虐《いじ》めてくれた。

剣術でも「稽古をつけてやる」と言われ、コテンパンに叩《たた》きのめされたものだ。その時のことを思い出し、少し笑顔が引《ひ》き攣《つ》ってしまいながらも、メルクリウスは肩を上げる。

「僕の腕が上がったのではなく、叔父上の腕が鈍《なま》ったのでは？」

「……可愛げのないところは健在のようだな。お前が六歳まで夜尿で寝具を濡《ぬ》らしていたことを、妃殿下に教えてもいいのだぞ」

「では僕は若かりし頃の叔父上の陰湿さを、ミネルヴァに告げ口するとしましょう」

この二人が揃《そろ》えば丁々発止《ちょうちょうはっし》のやり取りが始まるのはいつものことだ。

見物人たちはどこか微笑ましい目を二人に向けている。

騎士団の団員が二人に手拭いを渡し、代わりに練習試合用の剣を受け取った。

メルクリウスは汗を拭いつつ、見物人たちに大きく手を振ってみせる。

「闘技場を使わせてくれてありがとう！　お邪魔したね。僕らはもう退散するから、君た

ち も鍛錬に励んでくれたまえ！」

王太子の言葉に、騎士たちから拍手が起こった。それにまた手を振ってやりながら、メルクリウスはマルスと一緒に闘技場を後にした。

闘技場から王宮までの道のりには、雨の日でも困らないように長い回廊が造られている。回廊の両脇には白薔薇と赤薔薇が植えられていて、花盛りの今はまるで赤と白の線のように延々と続いていた。この時間はここを通る者はなく、メルクリウスとマルスはしばらく無言で歩いていたが、不意に低い美声が沈黙を破った。

「妃殿下とは相変わらずなのか」

この叔父は自分達の結婚の秘密を知っている。純粋に心配からの発言なのだろうが、メルクリウスとしてはあまり触れてほしくないところだ。

片方の眉を上げて、わざとらしく呆れたような表情を作った。

「おやおや、意外なことだ！　愛妻家、かつ潔癖で有名なケント公爵でも、よその夫婦の閨事情に興味がおありとは！」

「茶化《ちゃか》しても無駄だ。お前たち夫婦の問題は、すなわち帝国との間の外交問題。『下世話な世間話』で押し通せると思うな、ばかもの」

挑発をあっさりと一蹴されて、メルクリウスは心の中で舌を出す。

（やっぱりそう簡単にこちらの掌《たなごころ》に乗ってはくれないか……）

さすがである。王弟というやんごとない身分でありながら、自ら製紙業を興し莫大《ばくだい》な富を得たこの叔父は、傑人と言っていい人間だ。一筋縄ではいかない。

「ちょっとは言いにくい素振りでもしてはどうですか？　デリケートな話題なんですから」

唇を尖らせていると、マルスは「ハッ」と吐き捨てるように笑った。

「デリケートなどという言葉がお前の口から出てくることが驚きだ」

「……ほんと、叔父上は僕に容赦がないんだから」

「容赦していたらお前が調子に乗るだけだろうが」

それはその通り。付き合いが長いだけあって、この叔父は自分のことをよく理解している。メルクリウスはヤレヤレと肩を竦《すく》めると、辿《たど》り着《つ》いた自室へとマルスを招き入れた。

「どうぞ。内容が内容ですからね」

人に聞かれでもすれば、面倒なことになる。暗にそう言うと、叔父には伝わったようで、うむ、と一つ頷かれる。部屋に入ると、メルクリウスはキャビネットから蒸留酒の瓶とグラスを二つ取り出した。

「昼間からなんだ、酒なんぞ……」

マルスが咎《とが》めるように眉根を寄せたが、メルクリウスは構わず酒をグラスに注ぎ入れる。琥珀色の液体の色が細かくカットを施されたグラスに映り、キラキラと美しかった。

「まあまあ、これ、良い酒なので」

軽くいなしながら一つのグラスを手渡すと、マルスは口角を下げながらも受け取った。メルクリウスが杯《さかずき》を掲げる仕草をすると、マルスも同じように杯を掲げる。

「皇帝サムルカに」

メルクリウスが言うと、マルスは思い切り顔を顰《しか》めた。

「サムルカにだと？」

「酷《ひど》いなぁ。この国の友好国の国主じゃないですか。おまけに僕の舅殿《しゅうと》ですよ。王弟殿下がそんな態度はいけませんよ」

窘《たしな》めると、マルスは苦虫を嚙《か》み締《し》めたような顔になりながらも、「乾杯」と呟《つぶや》いてグラスを呷《あお》った。一度で中身を空にした後、マルスはタンと小気味よい音を立ててグラスをテーブルに置いた。

「その舅殿に無理難題を突き付けられたくせに、ずいぶんと涼しい顔だな、小僧。よくそんなことが言えるものだ」

その台詞を放つ声が、怒りというよりは純粋に疑問の色を浮かべていたので、メルクリウスは苦笑が漏れる。確かに、自分の現状を鑑みれば不思議にならない方がおかしい。

五年前、メルクリウスはサムルカ帝国の皇帝サムルカによって、大変理不尽な結婚を強要された。

『花嫁となる皇女アウローラは、無傷のままサムルカ帝国に返せ』

すなわち、この結婚は形だけ。夫婦とは名ばかりで、妻の純潔を奪ってはならず、夫婦の契りなどもってのほか。花嫁は無垢《むく》なままであるから、仮初の結婚を終えた後には新たな夫のもとへと嫁ぎ直すことができる、というものだ。

いわゆる、『白い結婚』である。

アウローラが当時十三歳の少女であったこと、そしてこの結婚がメルクリウスに一目惚れしたというアウローラ自身のたっての願いであったことから、父である皇帝が娘を慮《おもんぱか》って出した条件だったのだろう。

（子どもの恋など、熱病のようなものだと思われても仕方ないだろうしな）

いつその熱が冷めるか分からないから、やり直しができるようにという、親ならではの涙ぐましい配慮だ。

（意外だったのは、あの冷酷無情と言われる皇帝が、娘のワガママを聞き入れたことだ）

そもそも国と国との間の政略結婚において、恋愛は二の次どころか考慮すらされないものだろうに。

自国の悪口を言うつもりはないが、このルドニア王国は歴史が古いだけの小国だ。ここ数十年の間に大陸中のほとんどの国を制圧したサムルカ帝国に比べ、特筆できる力はない。文化は成熟しているが軍事力は低く、土地も瘦せてはいないが肥沃であるとも言えないし、鉱物資源もあまりない。

大陸と近いとはいえ運河を隔てた島国であるから、それまで帝国の侵略を逃れていただけにすぎなかった——そんな国なのだ。

帝国が政略結婚をしてまで友好関係を築きたい理由がない。

（……それでも提案してきたということは、やはり娘可愛さということなのか……？）

メルクリウスにはそうは思えない。あの狡猾《こうかつ》な皇帝が、そんな甘っちょろい理由で娘を嫁がせるはずがない。きっと他の理由と、もしかしたら罠《わな》があるのではないか——そう疑いながらこの五年間を過ごしてきたのだ。

「お前たちは……その、まだ『白い』んだろうな？」

さすがに訊《き》きにくい内容だったのか、マルスがなんとも婉曲《えんきょく》な言い方で訊《たず》ねてきた。

「叔父上らしくない遠慮がちな物言いですね。別にそんなことで僕は傷つきませんから、はっきり仰《おっしゃ》ったらどうです？　お前はまだ妻を抱けていないのか、と」

「お前ではなく妃殿下に配慮したのだ」

むっつりと返されて、メルクリウスは「なるほど」と言って酒を口に含む。強い酒精《アルコール》の香りが鼻に抜け、次いで芳醇《ほうじゅん》な木の香りが広がった。香りと酒特有の甘さを口の中で転がしてから、ゴクリと嚥下《えんか》する。好みの酒の味に、満足のため息が出た。

「いやぁ、やっぱり美味《うま》いなぁ」

「ああ。いいコニャックだ。三十年くらいか？」

「さすが叔父上。当たりですよ。フルナード地方の三十五年物ですね。あそこは樽《たる》が良いらしい」

珍しくマルスが褒めたので、思わず笑顔になった。よほどお気に召したらしい。

産地を教えると、「ふむ」と言いながら勝手に酒瓶を取って自分のグラスに注いでいる。

「昼間から」と言っていたのは誰だ、と思いつつも、メルクリウスは自分も一杯目を空にした。

「……で？」

なみなみと注がれたグラスを片手に、マルスが促してくる。先ほどの質問の答えを言えということだろう。

（酒にごまかされてはくれないかぁ）

分かってはいたが、マルスはそう簡単に御すことができる人間ではない。

「まあ、今のところは、アウローラはまだ処女ですよ」

ニッコリと微笑んで答えると、マルスは片手で顔を覆って「今のところは……？」と呻《うめ》くように鸚鵡《おうむ》返しをした。胡乱《うろん》げな目で睨《にら》んでくる叔父に、メルクリウスは無言を貫く。

この話題はあまり誰かと共有したいものではなかった。

しばしの沈黙の後、マルスが呆れたようにもう一度ため息を吐く。

「お前、この先はどうするつもりなのだ」

渋い表情で問われ、メルクリウスは微笑んだまま瞑目《めいもく》する。

(僕がどうするか、か……)

確かにこの秘密を知っている人間ならば、知っておきたいことなのだろう。自分が叔父の立場なら、その首を絞めてでも吐かせてやるところだ。

(仕方ない。本当なら、愛の告白はアウローラ本人にしたいところだけど……)

メルクリウスは苦笑しつつ、叔父の顔を真《ま》っ直《す》ぐに見た。

「アウローラは僕の妻です。五年前からずっと。――これからも、永遠に」

静かに、けれどはっきりと述べると、マルスは一瞬瞠目《どうもく》する。

「――本気なのか」

「こんなことで嘘《うそ》を吐くばかはいませんよ」

なにしろ、国政を揺るがす事態になりかねない決意表明だ。心外な、と口の端を下げたが、マルスには嘲笑された。

「お前ならやりかねん」

「酷いなぁ」

へらりと笑ってみせると、叔父は呆れたようにため息をついた後、くるりと身を翻した。

そのままスタスタと部屋を出て行こうとするので、メルクリウスは慌てて声をかける。

「叔父上？　どこへ？」

「帰る。用は済んだ」

端的な答えに、叔父らしいと思うものの、行動が急すぎやしないだろうか。

「用って……」

「お前が妃殿下をどうするつもりなのか訊いてきてくれと、ミネルヴァに頼まれたからな」

「ああ、なるほど……」

アウローラの教育係を請け負ってくれたミネルヴァは、アウローラを妹のように可愛がってくれている。大事な妹分の将来を心配しているのだろう。

それにしても……とメルクリウスは首を傾《かし》げる。

「それで、僕がアウローラを手放さないつもりだと知って、何か言うことはないんですか？」

メルクリウスの問いに、マルスはピタリと足を止めてこちらを振り返った。

「言うこと？」

「てっきりお説教されるかと」

メルクリウスがやろうとしていることは、皇帝サムルカを怒らせるかもしれない。そうなれば戦争は不可避だ。普通の人間なら蒼褪《あおざ》めて止めるに違いない。

だがマルスは驚いたように目を瞠って言った。

「お前に説教が効いた試しがあったか？」

「……それは、そうですが」

辛辣な答えに気が抜けて、フッと噴き出してしまう。そこで初めて、メルクリウスは自分が緊張していたことを知った。

（僕も存外、小物だなぁ）

皇帝を相手に国をかけたゲームをする——その決意表明をすることに、思いの外勇気が必要だったようだ。

己の矮小《わいしょう》さを情けなく、そして愉快に思っていると、マルスの声が響いた。

「それに、お前はできないことは口にしないからな」

その言葉に、メルクリウスはハッとして顔を上げる。

マルスが挑むような微笑を浮かべてこちらを見ていた。

「できるのだろう？」

挑発的な物言いに、むくむくと闘志が湧いてくるのを感じて、メルクリウスはニッと口の端を上げる。

「当然でしょう？　僕を誰だと思っているんです？」

その微笑みは、悪童じみたものだったろうと自分でも思う。

実際、子どもの頃のメルクリウスは悪童だった。どれほど大人に怒られてもめげなかったし、負けなかった。そして最終的には自分のやりたいように物事を進めてきた。子どもだから持ちえた、無防備な自信。あの頃のメルクリウスは、自分は無敵だとすら感じていた。それは大人になるにつれて失われて当然のもので、メルクリウスも例外ではなかった。

だがこれくらい自己過信しているくらいがちょうどいいのかもしれない。

メルクリウスの返事を聞いて、マルスは「ミネルヴァが喜ぶだろう」と言い置き、今度こそ部屋を出て行った。

結局は愛妻の機嫌にしか興味がないのか、と叔父に呆れた気持ちを抱きながらも、メルクリウスはその後ろ姿を見送ったのだった。


自分たちの結婚で一番問題なのは、これが『白い結婚』であるのを、アウローラが知らないことだろう。

アウローラはメルクリウスに恋をしたから、結婚を望んだ。つまり彼女は自分がメルクリウスの本当の妻だし、この結婚が永遠に続くものだと信じているのだ。

『あの子の気が済んだら、帝国へ返すように』

皇帝がそんな曖昧な言葉で命じてきた時には、隣に立つ父であるルドニア王は絶句していた。要するに、娘の結婚を異国留学程度に考えているのだろう。それなら単純に留学という名目を採れば良かったのでは、と思うが、そこはアウローラが納得しないだろうなとも思った。良くも悪くも、アウローラは頑固だ。一度決めたことはやり遂げるまで突き進む鋼の意思、そして完遂する行動力も頭脳も持ち合わせているのだ。

（完璧だ。さすが、僕の妻）

と、メルクリウスは鼻を高くしたが、そんな呑気《のんき》な惚気《のろけ》を言っている場合ではない。

アウローラが自分達の結婚が『白い結婚』だったと知れば、烈火のごとく怒るに違いない。父帝に対して、そして黙っていたメルクリウスに対しても。

別に怒られることは構わない。そんなことでめげるような精神構造はしていない。

メルクリウスは子ども時代、かなりのイタズラ小僧だったから、両親にも、乳母にも、家庭教師にも、そして叔父にも怒られまくってきたのだ。怒られることへの耐性はかなりあると自負している。（ちなみに怒られた直後に父から『耳の聞こえない神に祈っているようだ』と言われたこともある）

それに怒ってくるアウローラを想像すると、それも可愛らしいと思う。

（だが、大事なのは怒られた後だ）

怒られた後には必ず許してもらわねばならない。どうでもいい相手ならば怒らせたままというのもまた一興、などと思うこともできるが、アウローラはそうではない。

それどころか、この世で一番どうでもよくない相手である。

閉じた目の裏に妻の可憐《かれん》な笑顔が浮かんできて、メルクリウスの口元に苦笑が浮かんだ。

(――まさかこの僕が、こんなふうに誰かに執着する日がくるなんて、あの時は予想もしていなかったな)

しみじみと自身の変化を実感してしまう。

この結婚を皇帝から打診された時のメルクリウスの感想は、『簡単な任務だな』だった。

メルクリウスにとって結婚とは義務であり、国政の一部だ。一国の王太子である以上、当然の価値観だろう。だから帝国の横槍により、幼少期より決まっていた婚約者であるミネルヴァを切り捨てることになった時も、まったく躊躇《ちゅうちょ》はなかった。

帝国と国内の貴族、重要視すべきはどちらなのかは、子どもが考えても明らかだ。ミネルヴァではなくアウローラを採る――それがこの国のためなのだから。

(要するに、そのワガママ姫様がお家に帰りたくなるように仕向けてやればいいだけじゃないか)

一目惚れだかなんだか知らんが、愛だの恋だのに振り回されて、国政にまで干渉するようなおばか姫だ。おまけに冷徹と言われる皇帝がそれを許すほど甘やかしているのだから、さぞかしワガママな性格をしているに違いない。

(こちらに非がないように丁重に扱いつつ、やんわりと、けれど確かに居心地の悪い環境にしてやれば、すぐに尻尾を巻いて帝国に逃げ帰るだろう。皇帝は、『皇女の気が済むまで』と言ったのだ。さっさと気が済んでいただこうじゃないか)

メルクリウスは一国の王太子だ。つまり後継者を求められる。後継者となる子どもの誕生は早ければ早いほど、そして多ければ多いほどいい。

白い結婚に縛られて子どもを作れないまま時間を浪費するなど、冗談ではない。さっさと偽物の妻にはご退場いただかなくては——そう思っていたのだ。

それなのに、いつの間にか『惜しい』と思うようになってしまった。

嫁いできたわがまま皇女さまは、意外にも聡明《そうめい》な才女だった。

それも、天才と言われる域だったのである。

アウローラは一度目にしたものを絶対に忘れない。それは書物に書かれた内容でも、人の顔でもだ。その驚異的な記憶力ゆえに、母国語を含めた五か国語を流暢《りゅうちょう》に操り、更にこの国に来てからはこの国の古代言語にまで精通してしまった。

外交にはもってこいの才能と言えるだろう。

すごいのは記憶力だけではなかった。頭の回転も素晴らしく速いのだ。そして論理的に思考する能力にも長《た》けている。一つの情報から、凡人が一つしか結果を予想できないところを、アウローラは十もの結果を導き出すことができるのだ。年若いメルクリウスの目にも、アウローラが飛び抜けた能力の持ち主ということは明らかだった。

（施政者としての器がある娘だ）

すぐに感じた。きっと男子であれば、皇帝の後継者となっただろう。

そう考えた瞬間、あの皇帝が『留学のようなもの』と言った理由が分かった。

（皇帝はアウローラに自国以外の国がどういうものかを、内側から学ばせるためにこの国へ寄越《よこ》したのだ）

このルドニア王国は大陸を含めたどの国よりも歴史が長い。大国とはいえ、新興国であるサムルカ帝国にしてみれば、学べることは少なくないはずだ。

（もしかしたら、皇帝はアウローラを後継者にと考えているのではないか？）

アウローラは外見が皇帝に一番似ているから溺愛されていると言われていたが、そうではなく、皇帝は我が子の中でもっとも自分の能力を色濃く受け継いでいるのがアウローラだと見抜いていたから、目をかけていたのだ。

そして己の後継者として相応しい娘であることも。

（王太子妃の地位にあれば、この国の執政の在り方を間近に見て学ぶことができる。そうしてアウローラに知識と経験を積ませた後、サムルカ帝国へ呼び戻し、今度は己の後継者とし立太子させるつもり、ということか……）

そこまで想像して、メルクリウスはようやく納得した。想像にすぎない内容だが、当たらずとも遠からずといったところだろう。あの冷血無情の皇帝サムルカが、なんの目論《もくろ》みもなしに有用な駒である娘をホイホイと異国へ出すわけがないのだから。

だがそうなると、なかなか困った事態になる。

ただのワガママ娘だと思っていた仮初《かりそめ》の妃が、実は磨けば光る至宝だった。

（返したくなくなるのが、人間というものだろう）

メルクリウスは心の中でほくそ笑む。

皇帝は、このルドニア王国とメルクリウスのことを、宝玉であるアウローラを磨く研磨剤くらいに考えているのだろう。舐めてくれたものである。国力に大差があるがゆえに従うしかなかったとはいえ、正直に言ってしまえば、実に気に食わない。

（大切にしていた手中の珠《たま》を、いつの間にか掠《かす》め取《と》られたと知れば、あの皇帝陛下はどんな顔をするかな？）

ついそんなことを考えて、ぶるりと背筋に震えが走った。――武者震いだ。

立ち向かうものが強大であればあるほど、やる気が芽生えてしまうのは、自分が生粋の悪童であるからなのか。

赤い髭《ひげ》を蓄えた皇帝の顔を思い出しながら、メルクリウスは口の端を上げた。

アウローラによく似たあの舅殿は、苛烈な性格で有名ではあるが、物事の道理の通じない人間ではない。納得させさえすれば、アウローラの正式な夫と認めてもらうことは不可能ではないはず。

この国のお伽噺《とぎばなし》に、巨人とゲームをしてその娘を妻にした牛飼いの若者の話があるが、その牛飼いになった気分だった。

無謀とも言える困難に立ち向かう牛飼いは、周囲から「ばかだ」「愚かだ」と罵られても、恋した娘を諦めなかった。自分の持てる知恵と勇気を振り絞って、到底かなわないはずの強敵に立ち向かい、見事勝利したのだ。

(お伽噺の主人公を気取ってみるのも悪くない)

一歩間違えば全てを失う綱渡りのような挑戦だ。

だが、自分の全てを投げ打ってでも手に入れる価値が、アウローラにはあるのだ。

メルクリウスは、自分に微笑みかける愛しい妻の表情を思い浮かべる。

白い顔にかかるのは、炎のように情熱的な赤い髪。大きな目の中には、勝気そうな琥珀色の瞳が輝き、鼻は少し小さくて、唇はサクランボのように赤い。クルクルと変わる表情は仔犬のように無邪気で、メルクリウスへの惜しみない愛情を全身で表現してくれる。

メルクリウスがアウローラに惹《ひ》かれたのは、その突出した才能だけが理由ではない。

(……まあ、確かにとっかかりは、アウローラがミネルヴァ以上の逸材だと気づいたからだったが……)

元婚約者のミネルヴァは品行方正にして優雅で上品な思慮深い才女で、おまけに容姿も非常に優れており、『完璧な王太子妃』になるだろうと言われていた女性だ。

だがアウローラはその上をいくカリスマ性の持ち主だった。

嫁いできた当初こそ、ミネルヴァを支持する者たちと反目し合って大変だったが、そのミネルヴァを教育係に置くことで蟠《わだかま》りを解決した後は、周囲の者たちを魅了してやまない王太子妃となった。

天衣無縫、という言葉がぴったりの彼女は、無垢な言動で人を振り回すきらいがあったのだが、何故か彼女には振り回されてもいいかなと思わせられてしまうのだ。

おそらく、それは天性のもの、そして父親譲りのものなのだろう。

人を惹きつけ、自然と従わせてしまう力――まさに王者の器だ。

頭の回転が良く話術が巧みで、人を飽きさせない。嫁いできた当初は幼いこともあり、人と合わせることができなかった（生まれ育った環境から、合わせる必要がなかったのだろう）ために摩擦が生じてしまったが、ミネルヴァをお手本にするようになってからそれも短期間に克服してしまった。今やアウローラこそが『理想の王太子妃』であり、それに異論を唱える者などこの国に誰一人としていない。

メルクリウスは、そこに至るまでのアウローラの懸命な努力を知っている。

彼女は学び、考え、自己を研鑽《けんさん》し続けた。アウローラが読んだ本の数が千冊を超えるだろうことや、優雅な所作を身に着けるためにひっそりと矯正コルセットを身に着けて生活していたこと、この国の在り方を学ぶために、積極的に外に出て民との交流を図ってきたことなど、今の地位を得るために彼女がしてきた努力は相当なものだ。

いくら天才的な能力に恵まれているからといって、それらを簡単にこなせるわけがない。目の下に隈を作っているところを何度も見たし、誰もいないところでこっそりと泣いていたのも知っている。

まだたった十三歳の少女だったのだ。嫁いですぐの頃は孤立無援の環境ですらあった。泣いて当然だ。きっとメルクリウスに縋り、甘えたかっただろう。

それなのに、アウローラは泣き言一つ言わなかった。一人でひっそりと泣くくせに、人の前では常に笑顔を絶やさない。それは夫であるメルクリウスに対しても同じだった。

一度、誰もいない中庭のガゼボで、アウローラがしゃがみ込んで泣いていたことがあった。当時彼女は王宮の女官たちと上手《うま》くいかず冷戦状態で、その日も女官にひどく冷たい態度を取られ、落ち込んでいたのだ。

メルクリウスはあえて知らないふりをして声をかけたのだが、アウローラは唐突にドレスの裾に顔を突っ伏して叫んだのだ。

『メルクリウス様、見てはいけません！　今、私、虫に目の下を刺されてしまって、腫れ上がって不細工なのです！　どうかすぐにお医者様を呼んできてくださいませんか？』

医者を呼びに行かせることで、涙を拭く時間稼ぎをしようという作戦だ。咄嗟《とっさ》に出た嘘としてはなかなか良い出来だ。

だが相手はメルクリウスである。そう簡単に騙《だま》されるわけがない。『それは大変だ。見せてごらん』と言って抵抗する彼女の顔を上げさせた。

案の定、涙でくしゃくしゃの顔をしていたアウローラは、それでも泣いていたことを絶対に認めなかった。

『これは、虫に刺された痛みでちょっと涙が出ただけです！』

自分が泣いていたのが、誰かのせいだと決して言うつもりはないのだろう。全てを虫のせいだと言い張るアウローラに、メルクリウスは半分呆れて彼女に言った。

『君が女官たちと上手くいっていないのは知っている。王太子妃に対して不遜な態度を取る者は罰しなければいけない。君を泣かせた者の名前を言いなさい』

『誰も。皆、良くしてくれておりますわ』

真っ赤な目をして笑ってみせるアウローラに、メルクリウスは眉を顰めた。

『何故。僕が守ってあげると言っているのに』

するとアウローラの琥珀色の瞳が、スッと細められる。そしてその瞳は凛《りん》とした光を放ち、射るような鋭さでメルクリウスを射貫いた。

『私は守ってほしくてここにいるのではありません。あなたの隣に立ちたいから、この国へやってきたの。あなたに守られていては、いつまでたっても私が王太子妃に相応しいと認めてもらえません』

それは覚悟を決めた女性の言葉だった。

――全ては、あなたの隣に立つために。

そのためだけに、この少女は全てを捨ててここにいるのだ。家族も、皇女としての身分も、快適で豊かな環境も。

何を引き換えにしてでもメルクリウスを得たいという、アウローラの切望を感じ取って、メルクリウスの心臓が鷲掴《わしづか》みにされた。

（……こんなの……、可愛すぎるだろう……！）

いじらしい。あまりにもいじらしく、そして眩《まぶ》しいほどに格好良かった。

天衣無縫、才能に溢れ、人を惹きつける魅力的な皇女――その裏側に、これほど健気《けなげ》で気骨のある少女がいるだなんて、反則だ。

何がわがままなおばか姫なものか。ここにいるのは、自分の心からの願いを知り、それを叶えるために逆境にも不屈の精神で立ち向かう、覚悟を持った大人の女性だった。

アウローラの為人《ひととなり》を知ろうともせずに、外側だけで判断した過去の自分を殴りつけたい気分だった。

（守りたい。自分の懐に入れて、囲い込んでしまいたい……！）

強烈な願望に胸が痛くなるほどだった。

それが庇護《ひご》欲と独占欲と気づき、メルクリウスは眩暈《めまい》がした。そんなものが自分の中に

存在していたなんて、知らなかった。愛だの恋だの、自分には無縁のものだと思っていた。

　これまでの人生で、異性だろうが同性だろうが誰かに心惹かれたことは一度もなく、全員等しく『他者』でしかなかった。人に興味を持てない、無情の人間なのだと。

だが、違った。アウローラだけが、メルクリウスの心の中に入り込んだのだ。

(——僕のものにしてしまおう)

自分の感情——執着に気がついたメルクリウスは、即座に心に決めた。

アウローラは帝国へ返さない。自分の妻として、一生傍から離さない。

——それが皇帝に逆らうことだったとしても。

むろん、できるだけ皇帝を怒らせない方がいいに決まっている。なにしろサムルカ帝国とルドニア王国とでは軍事力に差がありすぎる。攻め入られればひとたまりもない。アウローラを囲い込んだところで、自分が死んでは元も子もないのだ。

(皇帝を納得させるかたちで、アウローラを手に入れてやる)

五年前、メルクリウスはそう自分に誓った。その誓いを覆《くつがえ》すつもりは、さらさらない。

皇帝との約束通り、アウローラの処女を奪っていない。

「だが、それも今だけだ」

嫁いで来た時、アウローラはまだ十三歳だった。このくらいの年齢での結婚は、国と国との政略結婚では珍しくないとはいえ、メルクリウスには幼女趣味の気はなく、性愛の対象としてはいささか若すぎた。

メルクリウスは王族の男だ。十二歳で精通したと同時に、指南役《しなんやく》と呼ばれる女性によって経験は済ませている。愛情の伴わない行為だが、後継者を作らなくてはいけないという義務を課せられている王族にとって、避けては通れない道なのだ。

ともあれ経験済みだからこそ、性行為というものが女性の身体にとって負担が大きいことが分かっている。

今の自分はあの時よりも更に一回り大きくなっている上に、アウローラは女性の中でも非常に小柄だ。身体の大きさだけでも、彼女に負担をかけてしまうだろうし、下手をすれば怪我《けが》をさせるかもしれない。

（アウローラは守るべき存在であって、傷つけるなど、絶対にあってはならない）

メルクリウスはアウローラを己の伴侶に選んだが、最初の頃それは性愛とは違う感情からだった。自分のものだという独占欲は確かにあったけれど、どちらかというと守りたいという庇護欲の方が強かったのかもしれない。

こういった理由から、メルクリウスはアウローラが大人になるまで待つと決めていた。

大人になるまで——成人するまで。それも、サムルカ帝国における成人と定められた、十九歳までだ。このルドニア王国では十八歳が成人とされるが、そこは彼女の母国に合わせることにした。むろん、後から皇帝に難癖をつけられないようにするためだ。全てが上手くいった上での話だが、念には念を入れておくに越したことはない。

そして、アウローラは来年十九歳になる。サムルカ帝国で成人と定められている年だ。

「そろそろ、頃合いだな」

メルクリウスは、執務室の窓の前に立ち、沈む夕日を眺めながら呟いた。夕暮れの春の空は朱金に染まり、眩《まばゆ》いほどだ。この赤の向こう――海を越えたところに、サムルカ帝国がある。

きっと皇帝もこの夕日を眺めているだろう。

「始めましょうか、舅殿」

――さあ、ゲームの始まりだ。

第二章　妃は忘れてしまう

目が覚めたら、知らない男の人の顔があった。

「きゃあっ！」

アウローラはびっくりして悲鳴を上げてしまったが、男の人はそれを無視してガバリと抱き着いてくる。

「ああ、良かった、アウローラ！　意識が戻ったんだね！」

「きゃ……ええ？」

許可もなく皇女である自分に抱き着くなど、無礼者め、と更に大きな悲鳴を上げてやろうとしたアウローラは、男の台詞で叫ぶのをやめた。

（意識が戻った……？）

そう言えば、自分はどうやら眠っていたらしい。つまり意識を失っていたということだろうか。

（あら……そういえば、頭がなんだかズキズキするわ）

ベッドらしきところに寝かされている上、この男の人に上から伸《の》し掛《か》かられるようにして抱き着かれているので確かめようがないが、後頭部にたんこぶがあるのではなかろうか。

「ねえ、ちょっとあなた、いい加減に……」

離れなさい、と命じようとした時、男性がようやく身体を起こして離れてくれた。

「ああ、君が転んで昏倒《こんとう》したと聞いて、生きた心地がしなかったよ……。本当に良かった……！」

（あら、なんだかとってもいい声だわ）

心の底から安堵しているのが分かる声は、低く艶《つや》やかで聞いていて心地良い。実にアウローラの好みの声だ。俄然《がぜん》相手に興味が湧いて、アウローラはさっきから自分に話しかけている男性の顔をまじまじと見た。

（えっ……な、なんなの、この美形は……？）

男らしい精悍《せいかん》な輪郭に、太陽の光のように輝く金の髪。美しく澄んだブルーの瞳は、アウローラを心配そうに見つめている。長い金の睫毛《まつげ》は長く、アウローラが持っていたお人形のそれよりも長いかもしれない。すっと通った鼻筋に、形の良い唇――アウローラが夢に描いていた王子様そのもののような存在が、そこにいた。

声だけでなく、見た目までも好みのど真ん中だ。

（な……な、なな……？）

男性のあまりの美貌にアウローラは心の中で盛大に狼狽《ろうばい》したが、すぐに「いや、狼狽している場合ではないわ！」と自分を叱咤《しった》する。

この男性は一体誰なのか。こんな美しい男性、一度見れば絶対に覚えているはずだ。それでなくとも、アウローラは記憶力がいいから、忘れるはずがない。

だからこの男性とは初対面のはず。

にもかかわらず、皇女であるアウローラを呼び捨てにし、親しげに抱きつきさえしてくるとは、一体どういう了見なのか。

（大体、周りの者たちも何をしているのかしら？　こんな不審者を皇女の傍に寄せるなんて、不注意にもほどがあるじゃないの。暗殺者だったらどうするのよ！）

アウローラの懸念はなにも皇女だからという驕《おご》りでは決してない。父帝は強大な権力を持つことから、敵も多い。敵の魔の手は、皇帝の血を引く子ども達に及ぶことも稀《まれ》ではない。事実、きょうだいたちは幾度も暗殺されかけたし、アウローラも二度ほど襲撃を経験している。

そしてもし皇族に何かあった場合、傍付きの者たちが罰されてしまう。下手をすれば処刑されるだろう。使用人たちを守るためにも、自分の周囲は安全でなくてはならないのだ。

「アウローラ？」

いつまで経ってもアウローラが喋《しゃべ》らなかったせいなのだろうか。男性が訝《いぶか》しげな声色で名を呼んできたので、アウローラはヤレヤレとため息を吐く。

どうやら説明しなければ分からない人のようだ。

「私の名前を呼ぶ許可を出した覚えはありません」

「――なんだって?」

まだ分からないのか、とアウローラはもう一度深いため息をついた。一体どこの田舎者なのだろうか。

「私は皇女アウローラ・クラーラ・ピソ・エカソニヌス。皇帝サムルカの娘です。私の名を呼んでいいのは、父と母、それからきょうだいたちだけ。あなたには私の名を呼ぶ権利はない。首を刎《は》ねられたくなければ、いますぐ私から離れなさい、不届き者」

アウローラの言葉でようやく自分のやっていることの罪深さが分かったのか、男性の顔色がみるみる蒼褪めていった。

「――アウローラ。もしかして、僕のことが分からないのか?」

「分からないもなにも! 私は一度見たものを決して忘れないの。あなたの顔を見たのはこれが初めて。だからあなたとは、これが初対面よ」

ツンと顎を上げて宣言すると、男性は愕然《がくぜん》とした顔でアウローラの肩を摑む。

「……こんな、ばかな! なにかの冗談なんだろう?」

その必死な様子に、アウローラはなんだか自分が彼を虐めているような気分になってしまい、少し狼狽《うろた》えながら首を横に振った。

「じょ、冗談を言っているのはあなたの方でしょう！　大体、あなたは誰なの？　どうやって私の寝室に入り込んで――」

言いながら、ふと目の端に映る景色に違和感を覚える。さっきまで目の前の美貌の男性にばかり意識がいって、周囲を気にする余裕がなかったけれど、改めて見ると、ベッドの天蓋の模様も、カーテンの色も、シーツの生地も、全部アウローラの寝室のものとは違う。

（――え……？　ここは私の部屋ではないの……？）

だったら、ここはどこなのだろうか。そう思った瞬間、男性の悲痛な声が響いた。

「僕はメルクリウスだ。君の夫だよ！」

目の玉が飛び出すかと思った。

あんぐりと口を開いて、それから悲鳴のような声で反論する。

「私は十二歳よ！　夫なんて……結婚なんて、まだ早いに決まっているでしょう！」

＊＊＊

「――つまり、妃殿下は中庭で転倒し、頭を打ったことで記憶喪失になってしまわれたのだと思われます」

白い医療服を着た王宮典医だという初老の男が、難しい顔でそう診断を下すのを、アウローラは呆然《ぼうぜん》と眺めていた。

「記憶、喪失……」

「逆行性健忘と我々は呼びますが……要するに、心因性の要因、或《あ》るいは頭部への外傷がきっかけで、それまでの自分に関する記憶を思い出せない状態のことです。とはいえとても稀なケースです。私も長年医者をやっておりますが、見たのは初めてですね」

「……逆行性健忘……その言葉、知っているわ。私も読んだことがある。確か、『記憶と心』という書物だった」

その医学用語を聞いて、ふと頭に蘇《よみがえ》ってきた書物の名前を挙げれば、典医は「ほう」と呟いてカルテに何か書き込んでいた。

「実に興味深い。障害が起きているのは、妃殿下ご自身に関するエピソードの記憶なのでしょうな。知識や社会的なエピソードはそのまま残っていらっしゃるようです」

「……どういうこと？」

「それはこの国の医学書の一つです。王宮図書館の持ち出し禁止の書物ですから、妃殿下は嫁いで来られてからお読みになったのでしょうな」

サムルカ帝国にはないはずの書物を、帝国を出たことがない十二歳のアウローラが読むことはできない。つまり、その後この国——ルドニア王国に嫁いできてから読んだというのが妥当な推理だろう。

「――そう。では、やはりあなたたちの言っていることは、本当なのね……」

アウローラは額を押さえながらため息をついた。何かの冗談なのではと半ば祈るように思っていたけれど、その状況的な証拠から真実なのだと結論づけざるを得ない。

（私は十二歳ではなく十八歳……）

アウローラの頭の中には十二歳までの記憶しかない。サムルカ帝国の自分の部屋で眠ったはずなのに、目が覚めたら知らない異国の王宮で、しかも自分の夫だという美丈夫に抱き締められていたという事態に、頭が混乱していて上手く現実を呑み込めないでいた。

呆然としているアウローラの肩を、そっと抱き寄せる手があった。

「大丈夫、あまり心配しないで、アウローラ。僕がついている。今は記憶がなく不安かもしれないが、記憶は徐々に戻ってくるものだそうだ」

優しく慰めるような言葉をかけてくるのは、先ほどの金髪碧眼の美丈夫だ。ついでに言えばアウローラの理想を絵に描いたような容姿である。そんな男性に優しく抱き寄せられて、心は十二歳の少女であるアウローラの胸がどきどきと音を立ててしまう。

だが皇女としての威厳を損なうわけにはいかない、という自尊心から、アウローラは内心のときめきを押し隠し、つんと顎を逸《そ》らした。

「言われなくとも知っております。先ほど申し上げたでしょう？　私はその病名について書かれた医学書を既に読んでおりますから」

可愛げのない態度だと分かっているが、これがアウローラの精一杯だ。なにしろいきなり知らない国で知らない人間の中に、たった一人放り込まれてしまった状況なのだ。初対面の男性を夫だと言われ、おまけにこの国の王太子妃なのだと言われて、はいそうですかと納得できるわけがない。

（誰も信用しちゃいけないわ……）

毛を逆立てた仔猫《こねこ》のように警戒してしまうのは、無理からぬことだろう。

そんなツンケンした態度を取っても、メルクリウスは腹を立てたりしなかった。困ったように微笑みながら、アウローラの背中を宥《なだ》めるようにゆっくりと撫《な》で続けている。

その手の温かさに、何故だか妙に安堵を感じている自分に、アウローラは不思議な気持ちにさせられた。

（……やはり、夫、だから、なのかしら……）

夫――ピンと来ない言葉だ。

結婚していた記憶がないのだから仕方ないのかもしれないが、それでも自分が今、この美丈夫――ルドニア王国の王太子、メルクリウス・ジョン・アンドリューに触られても、不快でないことは分かる。それどころか、ちょっと嬉しいという感情すらある。

（なんだか、自分が自分じゃないみたい……）

さきほど鏡を見せられた時と同じ気持ちだ。

いかにも女性らしい可憐な装飾のついた手鏡に映っていたのは、確かに自分だけれど、自分ではない顔だった。記憶の中の自分の顔よりも明らかに年を取っていて、一瞬自分ではなく、一番上の姉かと思ったくらいだ。

だが、姉ではない。姉は赤毛ではなく黒髪で、瞳の色も茶色なのだから。

父帝と同じ赤毛に琥珀色の瞳という組み合わせは、父の子どもの中でもアウローラだけが受け継いだ色彩だ。

（……だからあれは紛れもなく私の顔なのよね……）

鏡に映った顔を思い出しながら、アウローラは複雑な思いで自分の頬に触れた。

「アウローラ？　そこが痛いのかい？」

ずっとこちらを観察しているのか、アウローラの動きに目敏《めざと》く気づいたメルクリウスが、慌てたように指摘してくる。診察するように顔を覗《のぞ》き込《こ》まれて、彫刻のような美貌が近づいてきたから、アウローラの頬にサッと朱が走った。

「だっ、大丈夫です！　なんともありません！」

「本当に？　何かあったらすぐに僕に言ってほしい。僕は君の夫なのだから」

「――そ、う……ですね……」

そんなふうに優しく言われても、どうしても返事が曖昧になってしまう。

アウローラが言葉を濁したのが分かったのか、メルクリウスの笑みに苦いものが混じった。彼もまた今の状況に困惑しているのが伝わってくる。どことなく寂しそうな表情に、ツキンと胸が痛んだ。

(――でも、私だって混乱しているんだもの……!)

アウローラはメルクリウスへの罪悪感を振り払うようにして、コホンと咳払《せきばら》いをする。

「……とりあえず、状況は分かりました」

自分が十二歳ではなく十八歳で、今はサムルカ帝国の皇女ではなくルドニア王国の王太子妃であるということ。そして頭を打って一時的な記憶喪失になっているということ。

「ですが、全てを受け止めるには時間が必要です。申し訳ないのですが、少し一人にしていただけませんか?」

きっぱりと言うアウローラに、周囲にいた医者も使用人たちも驚いたような顔になった。そのまるで「信じられない」とでも言うような態度に、アウローラは心の中で焦る。

(か、可愛げのない態度に見えるかもしれないけれど……!)

信頼できる者が一人としていないここは、アウローラにとって敵地も同然だ。可愛げのある態度を取るほどの余裕は、全くないのだから仕方ない。

グッと歯を食いしばっていると、自分の背中にあったメルクリウスの手がスッと離れた。彼もまた気を悪くしたのだろう、と悲しい気持ちが込み上げてきて、視線を下げようとした時、そっと手を握られた。思わず顔を上げると、そこにはひどく優しい眼差《まなざ》しをしたメルクリウスの笑顔があった。

「分かったよ。混乱しているだろうに、すまなかった。ゆっくり休んでおくれ」

そう言い置くと、メルクリウスはアウローラの手の甲に口づけを落とす。

その所作がまるで祈りのようだと思ったのは、アウローラだけだろうか。

なんとなく声をかけられなくて黙っていると、メルクリウスは立ち上がり、使用人たちにも部屋を出るように指示を出した後、自分も「では」と言って立ち去っていった。

姿勢のいい優雅な後ろ姿がドアの向こうに消えた後も、アウローラはしばらくそこを見つめたままでいた。

＊＊＊

メルクリウスはアウローラの部屋を出て、自分の執務室に着くと、人払いをした。

「少し集中したいから、呼ぶまで誰も寄せないように」

そう言うと、皆心得たように頷いて去って行く。メルクリウスが仕事をする際、周囲に人を置かないことは周知されているので、誰も疑問を抱かないのだ。

一人になると、メルクリウスは着ていた重い上着を脱ぎ、バサリと椅子の背に投げる。

そしてそのまま椅子にドサリと腰を下ろした。

「ああ、本当に、なんてことだ……」

呻くように呟いて、両手で自分の顔を覆う。こんなことになるなんて、つい数時間前まで思いもしなかった。いつもと同じようにアウローラを腕に抱いて目を覚まし、共に朝食を食べて、それぞれ公務に向かった。

（予定通りにいっていたなら、今頃は公務を終えて、アウローラと共に夕食を取っている頃だ……）

お互いに今日あったことを報告し合いながら、ゆったりと幸福な時間を過ごせていたはずだったのに。

午後に時間の空いたアウローラは、お気に入りの庭の散歩へと出かけ、ガゼボで躓《つまず》いて転んだらしい。その際に頭を柱にしたたかにぶつけてそのまま昏倒してしまったのだ。

泡を食った女官たちは急いで典医を呼んだ。むろんその情報はメルクリウスにも伝えられ、仰天して駆け付ければ、目を覚ましたアウローラはこの国へ嫁いできたことをすっかり忘れてしまっていたというわけだ。

「よりによって、何故このタイミングなんだ……？」

アウローラを本当の妻にするべく、行動を起こすと決めた矢先だ。

「クソ……」

思わず王太子にあるまじき悪態が口をついて出た。普段ならば決してしない無作法だが、それくらいメルクリウスはショックを受けていた。

（あんな目で僕を見るなんて……）

目を覚ました時の、アウローラの眼差しが忘れられない。

怪訝《けげん》そうに眉根を寄せ、警戒するようにこちらを見つめていた。

明らかな拒絶の表情だった。そこにはメルクリウスへの好意は欠片《かけら》もない。

アウローラから向けられる視線はいつだってこちらへの恋情や愛情が溢れていた。それが一転して拒絶に変わり、メルクリウスは自分でも驚くほど衝撃を受けていた。

（アウローラから拒まれることが、これほど辛いとは……）

自分を見ればいつも弾けるような笑顔になり、抱き着いてきてくれていたのに――そう思って、メルクリウスは自分が彼女の好意の上に胡坐を掻いていたことに気づいた。

アウローラは一目惚れしたと言っていたから、言ってみればメルクリウスはこれまで彼女から好意以外の感情を向けられたことがなかったのだ。

好きになった方が負け、と言われたりするが、確かに人間の心理としては一つの真理ではある。相手を好きであるがゆえに、相手に好かれようと努力するのは当然の心の動きだ。

逆に言えば、好かれている方は自分が努力をしなくとも相手が合わせてくれる。

「つまり僕は、これまでアウローラに好かれているがゆえに、彼女の好意を得るための努力をしてこなかったということだな」

なんと傲慢だったことか。彼女に好かれて当然だと思っていた自分が情けなくなった。

アウローラがこの国へやってきてから、どれほどの努力をしていたか知っていたくせに、それを自分は本当に認めていたと言えるのだろうか。彼女の努力は全て、自分の妻に相応しい人間となるためのものだ。

(聡《さと》いアウローラのことだ。未来の王妃としての素質を持っていないならば、僕が切り捨てるだろうことは、この国に来て早々に悟っただろうから……)

メルクリウスに好かれるためには、賢妃であらねばならない。

むろんそれだけではなく、アウローラが元々高邁《こうまい》な精神と清い自尊心を持つ人間だからこそ、できた努力だったのだろう。

それでも、メルクリウスのためにこの国に来なければ、しなくて良かった努力のはずだった。この国よりも大きな帝国の皇女として、何不自由のない生活が送れたのだから。

メルクリウスはアウローラのそういった努力を評価していながらも、心の中でそれを当たり前と考えていた自分に気づいた。

(だがそれは言い換えれば、僕を好きでないなら、アウローラにはしなくていい努力だったんだ……)

そして今、アウローラは記憶と共に、メルクリウスへの好意も失ってしまった。

「つまり今度は、僕が彼女に好かれる努力をする番だということだ」

未来の賢妃を取り戻すため――いや、それ以上に、彼女の愛情を取り戻すために。

「……いつの間にか僕は、妃としてではなく、君自身を欲するようになっていたみたいだよ、アウローラ」

メルクリウスは自嘲ぎみに、ここにはいない妻に向かって語りかける。

いつの間に、これほどアウローラが大切になってしまっていたのだろう。

いつの間に、これほど愛してしまっていたのだろう。

これまでも愛している自覚はあったけれど、永遠に続くだろうと思っていた彼女からの愛情が失われた今、自分がどれほどアウローラを愛しているのかを痛感していた。

医者は「時間の経過と共に、記憶を取り戻すだろう」と言っていたが、それがいつになるかは分からないらしい。明日かもしれないし、数年後かもしれない。それを悠長に待ってなどいられない。

人の愛情は、永遠に続くわけではないと理解させられてしまったのだから。

(――そうだ。自分が愚かなほどのろまだということが、ようやく分かった)

愛は伝えられる時に伝えなくてはいけないのに。

人の心が移ろうからだけではない。人間いつ死ぬかも分からない。生きていれば死はいつだって傍にあるものだ。自分が死ぬこともあるだろうし、アウローラが死ぬことだってあるだろう。一国の王族である以上、命の危険は他の者よりも大きい世界だ。

（まして皇帝がアウローラをいつ取り返しにくるか分からない）

アウローラを本当の妻に——いや、自分がアウローラの本当の夫になるために、すぐにでも行動を起こさなくてはいけないのだ。

「結局、元の道に戻って来たな」

メルクリウスはフッと笑って身を起こす。『白い結婚』を本物にするために、アウローラの記憶喪失は障害になると思っていたが、逆に鼓舞される結果となった。奇妙なものだ。

「物事は角度を変えて見れば逸機も好機となるというが、なるほど」

うんうん、と独り言を言いながら、メルクリウスは抽斗《ひきだし》から封筒を取り出した。

既に封を切られたその手紙の宛名にはメルクリウスの名が書かれ、差出人の箇所には長い名前が流暢な文字で記されている。

ケレース・テスモポロス・ティタ・エカソニヌス。この国ではあまり馴染みのないその名は、サムルカ帝国の皇帝の妻——すなわちアウローラの生母の名前だった。

「では、早速作戦決行といかせてもらいますよ。姑上《ははうえ》」

将を射んとする者はまず馬を射よ。

言い換えるならば、娘を欲するのならばまずは母親を籠絡《ろうらく》せよ、というわけだ。

メルクリウスは椅子の上で姿勢を正すと、ペンを取った。

第三章　妃は淑女と再会する

アウローラは、目の前に立つ美女を呆然と見つめた。

「お久し振りでございます、妃殿下」

艶やかに波打つ黒髪に、優美な微笑みを浮かべた美貌の主は、上品な薄紫色のドレスの裾を持ち上げて、完璧なカーテシーをしてみせた。

（なんて優雅な女性なの……！）

他を圧倒する華やかさと息を呑むような気品を兼ね備え、紫の瞳には知的な光を湛《たた》えている。彼女が立っているだけで、その場所の空気だけ光り輝いているようにすら見えてしまう——まるで女神だ。

その神々しいまでの存在感に気圧《けお》されて、アウローラはコクリと唾を呑んだ。

（ええと、この人は……）

記憶を失ってしまったために、人の名前と顔が分からない。だが仮にも一国の王太子妃であるというなら、言い訳などしていられないのだ。女官に貴族名鑑を持ってこさせ、片っ端から情報を叩《たた》き込《こ》んだから、名前さえ分かれば大丈夫だ。

さきほど女官が伝えてきた名は、ミネルヴァ・クリスティーナ・シーモア。王弟にして、この国の北に位置するケントを統べるケント公爵の妻だ。

（……そして彼女は、元王太子妃候補だった人……）

自分が嫁して来なければ、この国の王太子妃であった人なのだ。

その情報を思い出して、アウローラは頭が痛くなった。

（まさかこの私が、異国の王子に一目惚れして押しかけ女房のような真似《まね》を……。それも婚約者のいた人だったというのに、お父様の権力を笠《かさ》に着て、その婚約者を押し退《おの》けて妃に収まっただなんて……）

記憶は抜けてしまっているが、女官からそう教わった時には卒倒するかと思った。誰が見てもあまりにも傲慢なふるまいだ。お伽噺で言えば、王子様とお姫様の仲を引き裂こうとする悪い魔女といった役柄だろう。

そんな恥ずかしい真似を自分がしたなんて嘘だと思いたい。

だが、自分には夢見がちな部分があることを、アウローラは知っている。

お伽噺は恋愛が主体のロマンティックなものを好むし、愛や恋に憧れて、いつか自分にもピッタリの伴侶が見つかると信じていた。

ずば抜けて賢いのに夢見がち、という相反する性質を併せ持つことになったのは、奇《く》しくもその賢さが原因かもしれない。

自分は人よりも頭の回転が良く、記憶力も良い自覚があるアウローラは、孤独を感じがちな子どもだった。同年代の子ども達の言うことは論理的ではないと思ったし、年上の兄や姉のやることも非効率的だと感じてしまったから、彼らと同じことをする気にはなれなかった。

何事もいき過ぎれば異質扱いされるのは世の常だ。周囲はアウローラを遠巻きにするようになった。別に邪険にされたわけではないし、いじめられたわけでもないが、それでも自分だけ蚊帳《かや》の外にいることだけは感じ取っていた。

そんな中、アウローラの孤独に寄り添ってくれたのは母だった。

十人いる子どもたちが後宮の庭ではしゃぐ中、一人ぽつんと本を読んでいたアウローラの傍へやって来て、娘の赤いくせ毛をぐしゃぐしゃと撫でた。

『大丈夫。あなたの本質を理解してくれる魂の半分が、いつかあなたにも現れるわ。私とお父様がそうだったように、ね』

そう言ってウインクする母は、元は羊飼いの娘だったそうだ。だからなのか、とてもざっくばらんな性格をしていた。日頃から「恋に落ちた幼馴染《おさななじ》みの農夫の息子が、たまたま皇帝になんかなるから、自分は皇妃になってしまったのだ」とぼやいていたものだ。

誰に対しても偉そうな父も母の前では形なしで、いつも妻に叱り飛ばされていた。

そんな両親は子どもの目から見ても仲睦《むつ》まじく、父は絶大な権力を持つ皇帝でありながら、妻は一人しか持たなかった。

アウローラはそんな両親に憧れていたのだ。

だから母の言葉をそのまま信じた。自分のことを理解して受け止めてくれる人は、今いなくとも、いつか必ず現れるのだと。そして父と母のような夫婦になるのだと。

だから自分がメルクリウスに一目惚れして押しかけ女房になったことも、驚いたし嘘であってほしいと願いはしたが、「私ならやりかねない」とも思った。

（……そういえば私、お父様にも、「思い込んだら猪《いのしし》のようになる奴だ」とからかわれたことがあったわ……）

あれは確か、太陽の光をたくさん浴びるとりんごは赤くなるのだと、家庭教師から教えてもらった時だ。

父は子どもが生まれる度に、後宮の庭に記念になる木を一本ずつ植えていて、アウローラの時はりんごの木だった。アウローラはこの木をとても特別に思っていて、毎年実が成るのを楽しみにしていたのだ。

家庭教師の話を聞いたアウローラは、すぐさま後宮中の鏡を片っ端から持ち出してりんごの木を囲んだ。鏡に太陽の光を反射させ、より多くの陽光を照射しようと試みたのだ。

これでりんごはいつもより赤くなるはずだ。

幼いアウローラの試みに、鏡を奪われた母や姉にはしこたま叱られたが、父には盛大に笑われた。猪うんぬんは、その時の台詞だ。

子どもの時の話とはいえ、父の言う通りだ。

(そして目の前のこの美しい女性は、その私の猪突猛進《ちょとつもうしん》の犠牲になってしまった人というわけよね……)

アウローラは申し訳ない気持ちでいっぱいになりながら、ケント公爵夫人に言った。

「お久し振りですね、ケント公爵夫人。お会いできて嬉しいわ」

自分ではスマートな対応だったと思ったのに、ミネルヴァが一瞬目を瞠ったのを見て、ひやりと肝が冷える。

(——何か、まずいことを言ってしまったかしら?)

記憶喪失になったことは、内密にするようにとメルクリウスから言われていた。これにはアウローラもすぐさま同意した。王太子妃である自分がそんな状態になったと知れれば、良からぬことを企《たくら》む者たちに、つけいる隙を与えるようなものだからだ。

典医にも女官たちにも箝口令《かんこうれい》を布《し》いたと言っていたから、ミネルヴァは知らないはずだ。

内心戦々恐々としていると、ニコリと微笑んだミネルヴァが柔らかい口調で言った。

「わたくしも、とてもお会いしとうございました。妃殿下におかれましては、相変わらずフリージアのように愛くるしく、天使のように光り輝いておいでです。傍に侍るだけで心が躍る心地がいたしますわ」

艶やかな美女の口から飛び出す美辞麗句に、アウローラは思わず顔が赤くなる。

まるで口説き文句である。ただのお世辞なら赤面することはないが、このミネルヴァという人には妙な色香《フェロモン》のようなものがあって、ついフラフラと擦り寄っていってしまいそうになる。なんとも引力のある美女なのだ。

(こんな魅力的な人が……あの人の婚約者だったのね……)

アウローラは自己肯定感が低い方ではないが、ミネルヴァほどのオーラのある女性を前にすると、さすがに気後れしてしまう。

彼女よりも自分が優れていると思えるほど、図々しくはないつもりだ。

「そんな、……あなたこそ、大輪の薔薇のようにきれいよ」

アウローラが素直な感想を述べると、ミネルヴァは「まあ」と感嘆した。そうしてこちらへ一歩近づくと膝を折り、アウローラの手を取ってその甲に口づける。

それが忠誠を誓う仕草だと気づいて、アウローラはまじまじとミネルヴァを見た。

(……まるで、私を安心させようとするかのような……)

美しいだけでなく、不思議な空気を持つ人だ。なんだか妙な親しみが胸に湧いてくる。

アウローラがじっと見つめていると、ミネルヴァは内緒話をするように囁《ささや》いてきた。

「妃殿下、一つわたくしのワガママをお許しください」

「……ワガママ?」

「王宮の温室《コンサバトリー》は、今花盛りと伺いました。わたくし、美しい花に目がなくて。どうぞ一緒に散策してくださいませ」

ワガママというにはあまりにささやかな願いだ。

アウローラが「そんなことくらいなら」と請け負うと、ミネルヴァはまたにっこりと笑った。

温室は南の宮の庭の端にある。壁や天井が一面ガラスで造られていて、たくさんの陽光が入り込み、驚くほど暖かかった。

「まあ、なんていい香り!」

中に足を踏み入れた瞬間、様々な花の匂いが混じった甘い芳香がして、ミネルヴァがはしゃいだような声を上げる。

「本当ね。とってもいい香り」

「ここでお茶をするのは素敵だわ。妃殿下、いかがです?」

「いいわね」

ちょうどお茶の時間だ。アウローラがミネルヴァの提案に頷くと、彼女はてきぱきと女官に指示を出す。そのスムーズな采配に女主の品格を見て、アウローラはミネルヴァを眩しく眺めた。

（公爵夫人だから、ということもあるけれど、きっと王太子妃候補として教育されてきたからなのでしょうね……）

それなのにその座を自分に奪われて、彼女は腹が立たなかったのだろうか。今こうして接してみて、ミネルヴァから敵意がまったく感じられないどころか、とても好意的であることが意外だった。

女官たちがいなくなり二人切りになるのを待って、アウローラは思い切って訊いてみることにした。

「……あなた、私のことを憎んでいるのではなくて？」

アウローラの質問に、ミネルヴァはきょとんとした顔になって、それからプッと噴き出した。そしてクスクスと笑い続けるので、なんだかちょっとムッとしてしまう。

「そんなにおかしなことを訊いたかしら？」

口を尖らせていると、ミネルヴァは慌てて首を横に振った。

「あら、いいえ。そんなことは。……ただ、妃殿下は以前にも同じことをお訊《たず》ねになりましたから……」

「え、あっ……」

しまった、とアウローラは自分の口に手を当てる。

（そうだったわ。彼女とは初対面ではないのだから、会話には注意しなくてはならないのに……！）

記憶喪失になったことがバレてしまう、と焦っていると、ミネルヴァがまた小さく笑った。そしてアウローラの手をそっと取ると、きゅっと優しく握る。その手は柔らかく、温かかった。

「……わたくし、妃殿下のことが大好きなのですわ」

「そ、そう」

唐突にそんなことを言われても、狼狽《うろた》えている今、心に響くわけがない。アウローラが固い声で相槌《あいづち》を打つと、ミネルヴァは優しい眼差しでこちらを真っ直ぐに見つめた。

「恐れ多くも妃殿下の教育係を務めさせていただいた時、妃殿下はわたくしを『お姉様』と呼んでくださっていました」

「……！」

呼び名が違ったのか、とアウローラは自分の失態を悟る。それなら最初からアウローラの様子がおかしいと気づいたに違いない。

（つまり、弱味《よわみ》を握られたということ……）

警戒心が一気に高まる。ミネルヴァが何を要求してくるのだろうか、と顎を引いて待っていると、彼女は困ったように笑みを浮かべた。

「妃殿下……いいえ、アウローラ様。わたくしをここにお呼びになったのは、王太子殿下なのです」

「メルクリウス様が……？」

それを聞いて、アウローラは幾分緊張を緩める。彼が呼んだのであれば、少なくともこの王室に良からぬことを企む相手ではないということだ。

だが同時に、心の奥底にもやっとするものを感じてしまう。

（元婚約者だから……信頼しているのでしょうね……）

二人の間に絆《きずな》のようなものがあるのでは、などと邪推して、さらにもやもやが増加した。

（な、何故もやもやするのよ！　二人は私が邪魔をしなければ夫婦だったのだもの！　絆だってあって当然ではないの！）

心の中で自分を叱咤して、余計に傷を負ってしまった気がする。

そんな内心の葛藤を押し隠し、アウローラは訊ねた。

「では、私のこの状況をメルクリウス様から聞いているのね？」

「いいえ」

「えっ……」

意外な答えに、アウローラは目を丸くしてしまう。

ではメルクリウスは何の目的で彼女をアウローラのもとへ寄越したのだろう。

アウローラが頭の中で解答を導き出そうとする前に、ミネルヴァが思案顔で言った。

「きっと殿下は、アウローラ様の判断に委《ゆだ》ねたのではないでしょうか」

「私に判断を委ねる？」

「ええ。アウローラ様は、今……お困りのように拝察します。その内容をわたくしは存じませんが、それを相談する相手として、殿下がわたくしを選ばれたであろうことは推測できます。それでいて殿下からその内容を教えていただいていないということは、最終的にわたくしに話すかどうかは、アウローラ様が決めればよいということでは、と……」

ミネルヴァの推測に、アウローラは「なるほど」と納得する。実に筋が通っている。

（メルクリウス様は、私に判断を委ねてくれた……）

メルクリウスが自分の意思を尊重してくれようとしているのだと分かり、胸が温かくなった。他者の意思を尊重するという行為は、その人を信頼していないとできない。

（……私ったら、矛盾もいいところだわ）

記憶を失って今日で一週間経つが、未だ誰も信用できないと思っているくせに、自分はメルクリウスから信頼されて嬉しいと思っているなんて。

これぞ二律背反《ダブルスタンダード》ではないか、と自分を叱咤しつつ、アウローラはミネルヴァの目を見つめた。

　確かに、一週間経った今も記憶が戻らないことに、焦りと不安を感じていた。今は頭を打ったことを理由に王宮に引きこもっているが、いつまでもこうしてはいられない。王太子妃としての公務をこなす際に、この国に嫁いできてからの記憶がないのはなんとも心許《こころもと》ない。誰かサポートしてくれる人がいれば、と思っていたのは事実だ。

　メルクリウスがミネルヴァをアウローラのもとへ呼び寄せたのは、サポート役に彼女を推薦するということなのかもしれない。自分が嫁いで来たばかりの頃、教育係をしてくれていたというし、確かにこの人なら適任だろう。

「あなたに話すかどうか……なるほど」

　二者択一だ。自分の人を見る目を試されているのかもしれない。

　ミネルヴァは何も言わなかった。ただ黙ってアウローラの眼差しをしっかりと受け止めた。淡い笑みを浮かべたその表情は優雅だけれど、紫水晶《アメジスト》の瞳には揺るぎない色がある。

「あなたは、私を信頼している？」

　アウローラは訊ねた。信頼には、信頼を。アウローラは、それが正しいと思う。

　ミネルヴァはフッと笑みを深め、おもむろに首を縦に振った。

「恐れながら申し上げれば——最愛の夫の次に、信頼し申し上げている方ですわ」

　夫の次、という条件が付いていることに、アウローラは噴き出してしまう。

　だが、それがかえって真摯な答えだと思った。

「いいわ、あなたを信じます」

アウローラの言葉に、ミネルヴァがホッと安堵の吐息を漏らす。

「ありがとうございます、アウローラ様」

お礼を言われて、アウローラはおかしくなった。

考えてみれば奇妙な話だ。相談に乗ってもらう相手に、「あなたは信頼できるから、相談してあげる」と上から言っているのだから。非常事態だから仕方ないとはいえ、なんとも傲慢なことである。

「お礼を言うのはこちらの方だわ。早速事情を説明したいのだけれど、いいかしら？」

「もちろんですわ」

女官が戻ってくる前に、と手早く記憶喪失になったことを伝えると、ミネルヴァはさすがに驚いたようだった。

「では、今アウローラ様の記憶は、十二歳の時までしかないということですの……？」

「そうなの。だから自分が知らない間に既婚者になっていて、しかも初対面の男の人が夫と聞いて、仰天してしまったわ」

「まあ……！」

ミネルヴァはそう言ったきり絶句した。言葉もないくらい驚いているのだな、と思っていたら、ミネルヴァの細い肩がフルフルと小刻みに震えている。よく見れば、ミネルヴァは口元を押さえて白い顔を真っ赤にしている。

「わ、笑いを堪えているですって？」

思わずツッコミを入れてしまった。そう、ミネルヴァは笑っていた。必死に笑いの衝動を堪えようとしているのだろうが、堪え切れていない。

ミネルヴァはまだフルフルとしながらも、「も、申し訳ございません……！」と震え声で謝った。

「で、でも……あの、傲慢な腹黒王子が、ふふっ……よりによって、溺愛……している愛妻に、忘れられたと……ふふふっ、思うとっ……」

「で、溺愛……？　愛妻……？」

聞き間違いだろうか、とアウローラは首を捻る。自分は押しかけ女房で、メルクリウスは仕方なく結婚させられたのだから、てっきり片思いのような結婚生活だったのだろうと思っていたのだ。

「とってもいい気味ですわ！」

非常に良い笑顔でミネルヴァが晴れやかに言った。

女神のように神々しい美女から、満面の笑みで夫を「いい気味」だと言われている状況に、アウローラは一瞬意味が分からなくなる。

「え、ええと……公爵夫人……」

「アウローラ様、どうかわたくしのことは『お姉様』とお呼びくださいませ。これまでもそう呼んでくださっておいでででしたので、呼び方を変えると不審に思う者もおりましょう」

柔らかく訂正され、それもそうだと思い、言い直す。

「お姉様……」

「はい！　なんでしょう、アウローラ様！」

嬉しそうに返事をされて、アウローラはまた噴き出してしまいながらも、気持ちが解《ほぐ》れていくのを感じた。

（……私、記憶喪失になって以来ずっと、張り詰めていたのかも……）

ミネルヴァの様子を見れば、彼女が自分に敵意がなく、好意を寄せてくれていることが分かる。

「メルクリウス様が、いい気味、なの？」

「そうですわ！　あの腹黒傲慢王子、アウローラ様に愛されているのをいいことに、安心しきっているんですもの！　だからそのアウローラ様に忘れられて、さぞや焦っていることでしょうね。わたくし、あの高い鼻がへし折られるところを、いつか見たいと常々思っていましたのよ！」

うふふ、と笑いながら王太子をこき下ろすミネルヴァは実に楽しそうだ。そこにはメルクリウスへの恋情はかけらも見受けられない。あるのは、どちらかというと兄弟に対する親しみのようなものなのだろう。

（確か、メルクリウス様とこの人……お姉様は、幼い頃に決まった婚約者同士だったそうだし……）

幼馴染みであれば、恋人というよりきょうだいのような関係になってしまうのはなんとなく分かる。アウローラにも同じような存在がいたからだ。

（ゼフュロス、元気にしているかしら……）

アウローラは久しぶりに幼馴染みの顔を思い出していた。

ゼフュロスとは、アウローラの乳母の息子だ。アウローラとは乳兄妹《ちきょうだい》の関係になる。

ゼフュロスの母は父が征服した国の王女だった人で、帝国の傘下に下った後、帝国の将軍である侯爵と政略結婚をした。つまり有力な貴族の息子であるため、皇女であるアウローラの婚約者候補と言われてきた者だった。

だが生まれた時から一緒に育ったせいか、アウローラはゼフュロスに恋愛感情を抱いたことはない。アウローラの突飛な行動に振り回されて泣いてばかりいたゼフュロスも、多分そうだろう。お互いのことを知りすぎていると、恋には繋《つな》がりにくいものなのだ。

だからきっと、メルクリウスとミネルヴァもそうなのだろうと結論づけると、胸の中がスッと落ち着いた気がした。

（いやだわ、私ったら、やきもちを焼いていたのかしら……）

まだメルクリウスのことを信用していないのに、嫉妬するなんておかしい話だ。

これは何か別の感情だ、と胸の裡で言い訳しつつ、アウローラはミネルヴァに言った。

「……ともかく、そういうわけで、お姉様には私の記憶が戻るまで、傍で支えてほしいのです。このままでは公務もままならないの」

アウローラの懇願に、ミネルヴァは「もちろんです」と頷きつつも、少し困ったように口元に手をやった。

「……ですが、以前教育係として出仕した時とは違い、王宮に住まうことはできなくて……我が家のタウンハウスから通うかたちでもよろしいでしょうか？」

出された条件に、アウローラは首を傾げる。

「それは構わないけれど……でも、そちらの方が大変ではなくて？」

ケント公爵家のタウンハウスは城下町にあるが、毎日通うよりは王宮で暮らした方が時間的にも不便はなさそうだ。

アウローラのその問いに答えたのは、ミネルヴァではなかった。

「我が妻を独り占めなさろうなどと、感心いたしませんな。妃殿下とはいえ、私から妻を奪おうというのであれば、それ相応の覚悟をなされた方がよろしい」

よく通る艶やかな美声が温室に響いた。驚いて声の方を見遣《みや》れば、そこにはこれまた神々しい美貌の男性が立っている。光り輝く長い金髪を後ろで一括《ひとくく》りにし、紺色の乗馬服を身に着けたしなやかな長軀《ちょうく》。そしてその整い過ぎた芸術品のような容貌は、まるで彼の背後から光が射しているような錯覚に陥ってしまうほど美しい。

「まあ、マルス様！」

軽やかな甘い声でミネルヴァがその名を呼んだ。

（な、なるほど。この人が美貌で名高い『人嫌い公爵』……！）

王弟にしてケント公爵、マルス・ピアグリム・シーモア。ミネルヴァの夫である。

マルスはつかつかと歩み寄ってくると、アウローラには目もくれず、片手でミネルヴァを抱き寄せると、その頰にキスをする。

「ミネルヴァ。無事だったか」

「まあ、妃殿下とお話ししていただけですのに」

どこからツッコミを入れていいのか分からない。登場するなりイチャイチャし始める夫婦を呆気《あっけ》にとられながら見つめていると、マルスを追いかけるようにしてメルクリウスがやって来た。

「叔父上ってば、足が速すぎますよ！　ミネルヴァが温室にいると知るや否《いや》や、すっ飛んでいくんだから！　ウェヌスだってびっくりしてるじゃないですか！」

ぼやきながら言うメルクリウスの腕には、三歳くらいの幼女が抱かれていた。黒い巻き毛に、新緑色の瞳の、目を瞠るほどの美少女だ。その顔がマルスそっくりで、二人の娘だと言われなくとも分かった。

（あ……！　そうだったわ。お姉様には、お子様がいらっしゃるんだった！）

女官から得た情報では、確か今年三歳になるはずだ。自分のことで手一杯で、ミネルヴァの事情に考慮することができていなかった。

「ちがう、ウェヌス、びっくりしてないよ」

メルクリウスの発言に、少女がきょとんとして言った。

「えっ、そうなのかい？」

メルクリウスが目を丸くすると、ウェヌスはこくりと頷く。

「おとうさまは、おかあさま、だいすきでしょ。だから、おうちで、おかあさまのこと、おいかけているの、いっつも」

珍しくない光景なのだ、と言いたいのだろう。たどたどしい喋《しゃべ》り方だが、ちゃんと会話になっている。この年齢で大人の言うことを理解できているなんて、ずいぶん賢い子だ。

「はははは！　そうか、お父様はいつもお母様の後を追い回しているんだね！　これはこれは！」

ウェヌスの暴露に、メルクリウスが鬼の首を取ったように笑い出す。マルスは不愉快そうに眉間に皺《しわ》を寄せて甥を睨むと、腕を伸ばして我が子を取り戻した。

「ウェヌス、おいで。性悪がうつるといけない」

「しょうわる？」

「ウェヌス、そんな悪い言葉、覚えなくていいんだよ～！　酷いなぁ、叔父上は本当に」

「別に性悪は悪い言葉ではないだろう。性悪と言われて酷いと言う権利があるのは、性悪ではない人間だけだ。性悪を治して出直せ」

なんとも辛辣なマルスに、メルクリウスはヘラリと笑う。

「『治せ』ってそんな、性悪が病気か何かみたいに言って～」

（性悪は否定しないの？）

アウローラは目を剝《む》いたが、他の三人は気にした様子もない。どうやらこれが彼らのいつも会話のようだ。

「さあ、ウェヌス。母様も見つけたことだし、連れて帰るとしよう」

娘のふくふくとした頰にキスをしながらそんなことを言うマルスに、アウローラは慌ててしまう。

「えっ？　お姉様はまだ……」

来たばかりな上、出仕の話も纏まっていない。せめて女官に用意させているお茶だけでも飲んでいってほしい、と思ったけれど、マルスはキッとこちらをねめつけてきた。

「今日はもう十分でしょう」

「いえ、待ってください。まだ出仕の件も詳細が……」

決まっていないのだ、という前に、マルスがフンと鼻を鳴らして言った。

「妻の出仕は、週に三度、午前十時から午後五時まで。我が屋敷から登城させること。朝食と夕食は家族全員でとりたいのでね。娘もまだ小さい。これが最大の譲歩です。できないのであれば、出仕の件はそもそもお断り申し上げる！」

きっぱりと宣言されてしまえば、こちらは受け入れざるを得ない。

マルスの気迫に気圧されつつも、アウローラはその新緑色の目を真っ直ぐに見て頷いた。

「ええ、それで十分です。お子様もまだ小さいのに、無理を言って本当に申し訳ないと思っています。ワガママを聞いてくださってありがとうございます」

アウローラの言葉に、マルスは「おや」と眉を上げて、それから満足そうに微笑んだ。

「妃殿下は誠実な方のようだ。性悪な甥にはもったいない」

思いがけず褒められて、アウローラはつい頬を染めてしまう。記憶が十二歳で止まっているせいか、大人の男性に褒められて、なんだかとっても嬉しくなってしまった。

「そんな……」

王太子妃としてスマートに礼を言わなくてはいけないのに、もごもごと口ごもって照れていると、目の前がサッと暗くなる。「え？」と目を上げると、いつの間に移動したのか、メルクリウスの広い背中が間近にあった。

「叔父上！　僕の妻を誘惑しないでいただきたい！」

「え？　メ、メルクリウス様？」

何を言い出すのか、と仰天していると、マルスの愉快そうな哄笑《こうしょう》が響いた。

「はははは！　これは面白い！　お前のそんな余裕がない顔が拝めるとはな！」

晴れやかに嫌味《いやみ》を言う夫を、ミネルヴァが柔らかい声で窘める。

「マルス様、お戯れはお終《しま》いになさって。アウローラ様がびっくりなさるでしょう？」

マルスは妻の言うことには素直に従うことにしているのか、輝かんばかりの微笑みを浮かべてすぐさま頷いた。

「そうだな、あなたの言う通りだ。では妃殿下、妻の出仕の話もついたことだし、そろそろ我々はお暇《いとま》致しますよ」

さらりと言って頭を下げると、片腕に愛娘《まなむすめ》を抱き、もう片方の手で愛妻をエスコートしたケント公爵は、それでもなお優雅な足取りで去って行った。

煌《きら》びやかな一家が立ち去る後ろ姿を呆然と見送ったところで、ようやく女官たちが現れてお茶の準備を始めた。テーブルや椅子をセッティングされるのを待っていると、メルクリウスに肘を差し出される。

「準備が整うまで、温室の中を散歩はどうかな？」

柔らかい美声で問う表情は、とても優しい。射《さ》し込《こ》む陽光に透ける金の髪に、上質な燐灰石《アパタイト》のように鮮やかなブルーの瞳が、吸い込まれそうに美しかった。

この国の王家は美形が多いのだそうだ。王弟であるマルスも目が潰れんばかりの美貌だが、メルクリウスとて負けていない。

（……でもやっぱり、メルクリウス様の方が格好良いわ）

完璧に整い過ぎていてどこか冷たい雰囲気のあるマルスよりも、いつも笑顔を浮かべているメルクリウスの方が、アウローラには魅力的に映る。単に好みの問題なのだろうけれど、と心の中で呟いて、アウローラは差し出された肘に手を置いた。

「素敵な提案ですわね」

誘いを受ければ、メルクリウスがくしゃりとした笑顔を見せる。まるで少年のような笑顔に、胸がきゅんと高鳴った。これまで穏やかに笑うメルクリウスは見たことがあったが、こんな――心から嬉しそうな笑顔は初めてだった。

（……私の一言が、そんなに嬉しいの……？）

先ほどのミネルヴァの台詞が蘇る。

『あの、傲慢な腹黒王子が、ふふっ……よりによって、溺愛……の愛妻に、忘れられたと……ふふふっ、思うとっ……』

溺愛とか、愛妻とか、まさかという気持ちが強かったけれど、もしかしたら本当なのだろうか。

（本当なら、私は……嬉しい、のかしら……？）

アウローラは自問する。今のアウローラに、メルクリウスに恋をした記憶はない。だが記憶はなくとも、自分の肌が、細胞が、伝えてくる感情があることに、アウローラは気づいている。

メルクリウスに触れられても、自分の肌が嫌悪に震えないこと。

メルクリウスが傍にいると、心臓の音が速くなること。

メルクリウスの空色の瞳に見つめられると、泣きたいような、抱き着きたいような、奇妙な焦燥に駆られること。

「では、行こうか」

こちらに向けられるメルクリウスの眼差しに、また心臓の鼓動が速くなる。

自分と同じ歩調で歩いてくれる彼に、頬が赤くなっていることをどうか気づかれませんようにと祈った。

その場を離れて散歩を始める王太子夫妻を、女官たちが微笑みながら見送ってくれる。

「ほら、これは月下香《チュベローズ》。開花は秋だからまだ花は見られないけれど、夜に芳香を放つ、珍しい花なんだ。向こうの低木は沈丁花《ダフネ》。この温室にはピンクと白、両方が植えてある。温室は温かいからもう花は終わりかけだが、芳香がまだ楽しめる。行ってみよう」

メルクリウスは歩きながら、温室の中の植物を一つ一つ説明してくれる。その中にはもちろん知っている花もあったが、アウローラは敢《あ》えてそれを言わず、黙って彼の説明を聞いていた。

（……不思議ね。いつもの私だったら『知っているわ』と言いそうなものなのに）

帝国にいた時、アウローラはそうやってきたし、それが当たり前だと思っていた。だが今、せっかく説明してくれているメルクリウスを止めたくなかった。自分のために喋ってくれている彼の声を聴いていたかったし、なにより止めることで彼が気分を害しては、と思ったのだ。

（……よく考えたら、私はかなり傲慢なことをしてきたのかもしれないわ）

相手の気持ちを慮ろうとしていないからできたことなのだな、とアウローラは自分のこれまでの行いを恥ずかしく思う。

だから今、自然と相手の気持ちを考えることができるようになっている自分に、改めて驚いた。十二歳までの自分にはなかった思考回路だ。

（私、この国に来て、人として、成長できていたということなのかしら……）

だとすればそれは、この国の人達――教育係だったというミネルヴァやその夫マルス、義理の家族となった王家の人々のおかげだろう。

（そして、多分……誰よりも、メルクリウス様のおかげ、なのでしょうね……）

記憶はないけれど、自分が「どうしても欲しい」と周囲を巻き込んでまで欲した男性。

彼を本当の意味で手に入れるには、形式的に妻に収まったところで意味はない。彼に愛してもらえるように――「彼が好ましいと思う人間」になるよう、きっと自分は懸命に努力したのだ。

その結果、こうして他者を慮ることができる人間へと成長できているのだろうから。

アウローラは隣を歩くメルクリウスを見上げる。

メルクリウスはすぐにアウローラの視線に気がついて、問いかけるように「ん？」と小さく首を傾けた。

「ありがとうございます、メルクリウス様。私、この国に嫁いできたおかげで、ずいぶんと成長していたみたいです」

「どうしたんだい、突然……」

唐突な感謝の言葉に、さすがのメルクリウスも目をパチパチとさせている。その仕草が可愛く見えて、アウローラはフフッと笑った。不思議だ。こんな仕草なら、きょうだいたちだってしていただろうに、それを可愛いと思ったことなどなかったのに。

「悔しいけれど、十二歳の私にはできなかったことが、できるようになっているのです。なんだか、十二歳の私がなりたかった自分に近づけている気がして……」

アウローラは心の裡を吐露する。自分は秀でているがゆえに、孤独を抱えているのだと思っていた。だがそうではなかったのだろう。確かにアウローラは人より頭が良いせいで、人が正しい方法を、そして効率の良い方法を採らないことを理解できずにいたけれど、それは理解できなかったのではなく、しなかっただけだ。

「なりたかった自分、か……」

「私、とっても強情なんです。自分が正しいと思ったら、絶対に譲りませんでしたし、曲げませんでした。だから……きょうだいの中でも浮いていたのですよ。寂しいし、孤独だったし、それは自分を分かってくれる人がいないせいだって思っていたのですが……。でも違うって今は分かります。私が孤独だったのは、『正しさ』に固執するあまり、他者を慮れなかったから。見る角度によって、『正しさ』は変化する。私が今孤独じゃないのは、私が他の人の『正しさ』を認め、他者を受け入れているからなのだと分かったのです」

アウローラの言葉に、メルクリウスは目を細める。

「そうか」

「あなたが、私を変えてくれたのですね」

アウローラの呟きに、メルクリウスは一度目を瞬いた。

「……どうして、そう思うの？　何かを思い出した？」

「いいえ。残念ながら、まだ何も思い出せていません。でも、私が変わろうと頑張ったのは、きっとあなたに愛されるためだったと……上手く、説明できないのですが。でも、分かるのです」

説明できない自分の感情を、なんと呼ぶのか、アウローラは気づいていた。

だがそれを口にするのは、まだ早い。自分の中にある、ぼんやりとした不安が躊躇《ためら》わせているのだ。

曖昧な答えでも、メルクリウスは笑わなかった。「そうか」とだけ言って、温室の一角に置かれたベンチへとアウローラを導いた。

ここに座れとジェスチャーで促され、素直に従うと、メルクリウスがその場に跪《ひざまず》く。

「えっ……メルクリウス様？」

一国の王太子が土に膝を突く姿に、アウローラは焦って止めようと腰を浮かせた。妃に対してとはいえ、軽々しくすべき行動ではない。二人きりの時ならともかく、すぐそこに女官たちがたくさんいるというのに。

だがメルクリウスは意に介さず、立ち上がろうとするアウローラを手で制した。

「座って」

短く命じると、アウローラのドレスの裾の下に手を射し込む。

「え……」

突然のことにアウローラはギョッとした。

驚く間もメルクリウスの手は止まることなく、アウローラの足首を掴み、履いていた靴をそっと脱がせる。

「メ、メルクリウス様……?」

靴とはいえ、男性に脱がせられるという親密すぎる行為に、アウローラはいけないことをしている気分になってひどく狼狽《うろた》えた。

記憶を失ってからというもの、メルクリウスとアウローラは別室で休んでおり、夫婦の触れ合いも一切していない。もちろんメルクリウスの配慮だが、夫婦なのだからいつまでもこのままではいけないと、アウローラは問題視している事柄だ。

とはいえ、あまりに唐突ではないか。ここは外だし、人目があるし、おまけに昼だ。こんなことをしてはいけないに決まっている。

あわわわ、あわわわ、と心の中でパニックに陥っていると、絹のストッキングだけになったアウローラの足を持ち上げたメルクリウスが、その爪先にそっと唇を落とした。

「――!」

アウローラは息を呑んだ。

爪先へのキスは、崇拝を意味する。臣下から主へと送られることもあるが、忠誠を誓う手の甲へのキスの方が一般的だ。爪先、という特殊な部分への口づけなので、キスをされる方がする方への優位性を誇示するために行われることが多い。アウローラはそれを、父帝が倒した国の王が、属国へと下る際の儀式で見たことがあった。

それくらい、足の爪先へのキスは特別なものなのだ。

（そ、そして男女間の場合……『永遠の束縛』を意味する……！）

私は永遠にあなたのもの、あなたは永遠に私のもの、というわけだ。

初夜の床で夫が妻に触れる許可を得る際の行為なのだと、アウローラの姉たちがうっとりと話しているのを聞いたことがある。

そんな意味深長なキスをされれば、否応《いやおう》なしに意識してしまうのは仕方ないだろう。

顔を真っ赤にしていると、キスを終えたメルクリウスがこちらを見上げてきた。

目の覚めるような青い瞳の中に、何かを決意した揺るぎない光があった。

「愛しているよ、アウローラ」

「……っ」

まっすぐに愛を告げられて、アウローラの呼吸が止まる。

彼を愛していた記憶がないのに、胸が歓喜で膨らんでいくのが分かった。

「あ……」

自分が嬉しいのだとは分かっても、戸惑いはやはり隠せない。口ごもるアウローラに、メルクリウスは言葉を重ねる。

「僕も君に変えられたんだよ、アウローラ」

「……え……」

「僕は王太子として生まれ、王太子として生きてきた。王太子としての義務の遂行が、僕にとって生きるということだったんだ。だから妻は王太子妃として相応しい女性であればそれでいいと思っていた。逆に言えば、相応《ふさわ》しければ誰でも良かったんだよ。だから君との結婚もすぐに受け入れた」

淡々と語られるメルクリウスから見た過去の話に、喜びに膨らんでいた胸がしぼんでいく。やはり自分は押しかけ女房でしかなかったということだ。

(……分かっていたじゃない、そんなこと)

せめてもの救いは、メルクリウスが元婚約者であるミネルヴァにも愛情を抱いていたわけではないということだろうか。

塞がる気持ちに、自然と俯きかけていたアウローラの顔を、大きな手が包み込んだ。目を上げると、端整な美貌が間近にあってドキリと胸が鳴る。

「だが、そんな僕を、君が変えてくれたんだ」

「……私が?」

信じられない、というようなアウローラの口調に、メルクリウスは滲《にじ》むように笑った。

「そう。君が教えてくれたんだ。誰かを愛しむ《いつく》という感情を。他の何を犠牲にしてでも、誰かを欲しいと思う執着を」

穏やかな口調で告げられる、あまりに熱烈な愛の言葉に、アウローラはどうしていいか分からなくなる。なにせ、経験値は十二歳で止まっている。男性から愛を告げられた時の対応の仕方など、当たり前だが知っているわけがない。

「あ……あの……」

顔を真っ赤にして口ごもっていると、メルクリウスがフッと青い目を細めた。

「可愛いね、りんごみたいだ」

「ま、まあ！　ひどいわ！　からかっていらっしゃるのね！」

アウローラは憤慨して眦《まなじり》を吊《つ》り上げたが、メルクリウスは「まさか」と肩を上げる。

「どうして？　からかってなどいないよ。君は本当に可愛い。僕にとって可愛いのは、君だけだ。君だけしか、僕の目には可愛いと映らない」

「……！」

さも当たり前かのように、サラリとそんな口説く文句を吐かれて、アウローラは更に顔を赤くして絶句してしまった。

そんなアウローラを、メルクリウスはうっとりとした眼差しで見つめてくる。透き通った青い瞳に磔《はりつけ》にされて、その青から目が離せなくなった。

妙な緊張感から、アウローラはゴクリと喉を鳴らした。

その微かな音が聞こえたのか、目の前の形の良い口の端がニッと吊り上がった。

「言っただろう？　君以外、興味はない。僕が可愛いと思うのも、触れたいと思うのも、君だけだ」

そう囁く艶やかな低音は、いつもよりも甘く、重く、アウローラの鼓膜を震わせる。ただ囁かれただけなのに、ゾクゾクとしたおののきが背筋を走り抜け、アウローラはビクリと肩を揺らした。

メルクリウスが親指の腹で、アウローラの頬をゆっくりと撫でる。その乾いた指で皮膚をなぞられると、そこからまたピリピリとした痺れが生じて、背筋に伝わっておののきに変わった。

（そ、んなふうに触れられると……なんだか……）

身体の芯が熱くなる。は、とアウローラの口から熱い呼気が漏れる。

「誰にも執着などしたことがなかったのに……こんなふうに僕を変えた責任を取ってもらわないと」

「せ、責任……？」

不穏な言葉に、アウローラはなんだか妙に怖くなって、視線を逸らそうとした。だができなかった。両頬を彼の手にがっしりと包まれて、固定されてしまっている。

「逃がさないよ。もう、無理だ」

（逃げるつもりなんかないのに！）

そう答えようと口を開きかけた瞬間、メルクリウスが言った。

「僕と結婚してください」

「……え？」

アウローラは一瞬何を言われたのか分からず、目を瞬く。

（結婚してください……？　どうして？）

してくださいもなにも、自分たちは既に結婚しているのではなかったのか。

「返事は？」

驚くだけで何も答えないでいたアウローラに、メルクリウスが促した。

「あ、あの……私たちは、もう夫婦なのでは……？」

「そうだね。でも、君は覚えていないんだろう？　だから、今から夫婦を始めればいいと思うんだ」

「な、なるほど……」

なんだか拍子抜けした気持ちになりながら、アウローラは顔を摑まれたまま、首を上下してみせた。わずかな動きしかできなかったけれど、顔を摑んでいるメルクリウスには感じ取れたはずだ。

「結婚してくれるんだね？」

「え、ええ……。それは……」

元々逃げるつもりはなかった。自分でも不思議だが、結婚した記憶はないけれど、この結婚をなかったことにしたいと思ったことはないのだ。

だから「もちろん」と頷くと、メルクリウスがくしゃりと笑った。

（……あ、この笑顔）

少年のような、屈託のない笑い方だ。この笑顔がとても好きだ、とアウローラは思う。

（なんだか私、彼のこの笑顔を見られるなら、大抵のことはしてしまいそう……）

そんなばかげたことを考えていると、その笑顔が近づいてきた。

（——え、なぜそんなに……）

顔を近づけるのか、と不思議に思っている内に、ふに、と温かいものが唇に触れた。

一呼吸置いてから、キスをされているのだと気がついて仰天したけれど、なんだかその感触を知っている気がして、悲鳴を上げるのをやめた。

そしてアウローラは、ゆっくりと瞼《まぶた》を閉じたのだった。

＊＊＊

アウローラは巨大なベッドの上に座って、呆然としていた。

昼間に温室でメルクリウスから求婚され、キスをされた後、何事もなかったかのように女官の用意してくれたお茶を楽しんだ。

とはいえ王太子である彼がそんなに暇があるわけもない。お茶を始めてからほどなくして侍従が呼びに来てしまい、メルクリウスはしょんぼりしながらも公務へ戻った。

そんな彼を見送りながら、アウローラは自分も早く公務をこなさなくてはと焦燥感に駆られたが、頼りとなるミネルヴァの出仕をひとまず待とうと決め、心を落ち着ける。女官に近々王室主催のチャリティバザーがあることを教えてもらったので、お茶の後はバザーのためのサシェ作りに勤しんだ。

つまりいつも通りの日常であったから、昼間の求婚やキスで何かが変わるとは思っていなかったのだ。

それなのに……。

「妃殿下、今ほど殿下の侍従より先触れが。もう間もなく、殿下がお渡りになります」

アウローラ付きの女官たちが、寝室の出口のドアの前で横一列に並んでいる。

「そ、そう……」

アウローラはどう返事をすればいいか分からず、曖昧に相槌を打った。

(で、殿下が、お、お渡りって……！)

心の中では盛大に狼狽えていたが、それを女官たちの前で出すわけにはいかない。

「わたくし達はこれで下がらせていただきます」

「ご、ご苦労様……」

女官たちは一様に腰を折って礼を執ると、スッスッと静かな衣擦《きぬず》れの音を立てて部屋を出て行ってしまった。

（……そ、そう言えば、今日の入浴、やけに念入りだわと思ったのよね……）

湯舟には惜しみなく薔薇水を入れられ、湯上りには全身に香油を塗り込まれた。元々週に一度はそういう念入りな手入れをされていたが、前回から間を置かずだったので、不思議に思ったのだ。

（不思議に思ったけれど、気持ちが好《い》いからいいか、と流してしまっていたけど……まさか、そういう……！）

一人になったアウローラは、自分の今の姿を見下ろした後、ボスンとベッドの中に顔を埋《うめ》めて呻《うめ》き声《ごえ》を上げる。

「嘘でしょう？　いきなりどうして、こんなことに……？」

ここは王太子夫妻の寝室で、これまではアウローラがここを一人で使っていた。

だが今夜、『殿下のお渡り』があると女官から伝えられた。すなわち、メルクリウスもこのベッドで休むということだ。

これが何を意味するか、分からないほどアウローラは子どもではない。

要するに、今から『夫婦の営み』をせよというわけだ。

「な、ど、え、ええ？　えええええ？」

動揺しすぎて意味のない音を吐き出す玩具《おもちゃ》のようになってしまっているが、今のアウローラにはそれに気がつく余裕などない。

(や、やや、やっぱり、あの求婚が……?)

ベッドに突っ伏したままアウローラは昼間の出来事を振り返る。温室のベンチで、足のつま先にキスをされ、愛を告げられ、求婚された。そしてその後に——。

「きゃあああああああ」

メルクリウスの唇の感触がまざまざと蘇ってしまい、アウローラは何故か両手で耳をふさいで悲鳴を上げた。

(あ、あああああれがキス……!)

十二歳のアウローラにとって、初めてのキスだった。お伽噺でもキスは特別だ。王子様とお姫様が恋を成就させた時に行われるものであり。そして時には、王子にかけられた呪いを解く神聖なものだったりもする。いつか自分も、運命の人と、と夢見ていたあのキスである。

(メルクリウス様の唇、や、柔らかかったわ……)

男の人の唇は、もっと硬いのかと思っていた。あんなに柔らかくて、温かくて、気持ちが好いなんて知らなかった。

その唇が啄むようにして重ねられているところに、女官たちがお茶の準備が調ったと呼びに来た。

メルクリウスは呼び声が耳に入っても、数秒唇をつけたままじっとしていたが、アウローラは気が気ではなかった。こんな場面を女官に見られるわけにはいかない。王太子夫妻が昼日中から公衆の面前ではしたない行為をしていた、と噂にでもなったら大変だ。

アウローラがオロオロしているのが分かったのか、メルクリウスがため息をついて唇を離した。ホッとして顔を上げると、精悍な美貌が悔しげな笑みを浮かべてこちらを見つめていた。

『……今はここでやめておこう』

助かった、とアウローラはコクコクと首肯した。

中断するべきなのは、当然だ。彼の判断はとても正しい。……本当は、もう少しキスしていたい気もしたけれど、それは言う必要のないことだろう。

（キス以上のことを、これからするってことよね……？）

アウローラの想像力は限界である。なにしろ頭の中の知識は十二歳止まり、おしべとめしべがくっつけば子どもができるという程度のものしかない。あとは姉の寝所から拝借した、ちょっとはしたない恋愛小説の中に書かれてあったことくらいだ。

だが今から夫とそういう行為に及ぶのだとしたら、いろいろと覚悟を決めておく必要があるだろう。まずはどういうことが行われるのか、頭の中でだけでもおさらいしておかなくては。

（確か、あの物語では、ヒロインはヒーローとキスをして、それからベッドに押し倒されて……）

「朝になっていたわね……？」

思わず考えていたことが口から出た。

おかしい。知りたいのは押し倒されてから朝になるまでの間の、具体的な出来事なのに。

「……待って。今私は十八歳で既婚者なのよね？　ということは、私はもう……」

経験済みのはずである。

「ならば覚えているはずよ！　私の頭は一度見たことは忘れないはずでしょう！　思い出すのよ、アウローラ！　おしべとめしべはどういうことなのか！　閨ではどんなことをして何をされるのかを！」

呪文のようにぶつぶつと唱えながら自分の頭を両手で抱えていると、「ぷっ」と小さく噴き出す音が聞こえた。

「えっ」

ギョッとして身体を起こすと、いつの間にやって来ていたのか、ガウン姿のメルクリウスが傍に立っていた。彼も風呂を使ったのか、金の髪は濡れていて、後ろに梳《す》き流されている。

「な……い、いつ……今、き、聞いて……」

動揺するとまともな言葉が出てこなくなるのは、自分の悪い癖だけれど、出てこないものは仕方ない。

だがメルクリウスは、アウローラの言わんとすることを正確に把握したらしく、右手の拳で口元を押さえてコホンと小さく咳払いをした。

「大丈夫、何も聞いていない」

「絶対聞いてらしたわね」

「いいや、聞いていない。君が何も覚えていなくとも、全部僕が教えてあげるから、安心して」

「しっかり聞いてらっしゃるじゃないですか！」

羞恥心から、アウローラは両手で隠すように顔を覆う。

めしべだのおしべだの閨だの、恥ずかしい言葉を羅列しているのを、よりによってメルクリウスに聞かれるとは。一番聞かれたくない相手だったのに。

穴があったら埋まりたい気持ちでいるというのに、メルクリウスはアウローラのすぐ隣に腰かけてきた。そして顔を隠したままのアウローラに、甘い声で囁いてくる。

「こっちを見て、アウローラ」

「今羞恥心で死にそうなので、放っておいてくださいませんか」

アウローラはすげなく断った。いくら艶のある低音で名を呼ばれようとも、今ここでこの真っ赤な無様な顔を晒《さら》すわけにはいかない。

乙女には守らなくてはならない矜持というものがあるのだ。

頑《かたく》なに手を離さないでいたら、項《うなじ》に生温かい感触がしてビクリとなった。ギョッとして手を離し、顔を後ろに向けると、そこにはメルクリウスの秀麗な美貌がニヤリとした笑みを浮かべていた。

「白い項が色っぽくて、ついキスをしてしまった」

「なっ……？　どっ……？」

アウローラは盛大にドモりつつ、あの生温かい感触は彼の唇だったのかと、頭のどこか裏側で思う。そういえば入浴後、閨の身支度を整える際に、女官に髪を結い上げられたのだった。

『殿下は髪を結い上げておくのがお好きだそうです』

照れる様子もなく当たり前のように言われ、アウローラは思わず眉根を寄せてしまった。

『何故あなたがそんなことを知っているの？』

『以前、妃殿下がわたくしに教えてくださったのです。そしてこれからは夜伽《よとぎ》の際には髪を上げるようにと指示されました』

サラリととんでもないことを暴露されてしまい、「そ、そう」とだけ答えるにとどめた。

過去の自分はそんなことを女官と話せるほど、経験豊富になってしまっていたのか、と内

心、慄《おのの》いたのは内緒の話だ。

「ふふ、首まで真っ赤になっている。可愛いね、アウローラ」

「……っ！」

面白がるような口調に、アウローラはキッとメルクリウスを睨みつける。

「からかっていらっしゃるのね！」

「からかってなどいないよ。本当に、君は可愛い」

「そっ、それをからかっていると言うのです！」

半分涙目になりながら怒っていると、メルクリウスはクスクスと笑いながらアウローラの脇に両手を入れると、ヒョイと抱き上げて自分の膝に乗せた。

「えっ……？」

大人の男性の膝の上に乗るなんて、父以外でしたことがない。ギョッとして言葉を失っていると、大きな手が背中を撫でた。

「僕はよく、君をこうして膝の上に乗せていたんだ。夫婦の触れ合いの一つとしてね」

「そ、そう、だったのですか……」

狼狽《うろた》えつつもなんとか相槌が打てたのは、背中を撫でるメルクリウスの手が温かく、穏やかな動きだったからだ。緊張しているアウローラを落ち着かせようとしてくれているのが伝わってくる。

「僕たちは毎晩眠る前に、こうして、今日あったことをお互いに話し合っていた。君の記憶がまだ戻っていないことは知っている。まだ僕に慣れていないことも分かっているが、このままでいるわけにはいかない。だから少しずつ、以前と同じことをやってみるのはどうだろう？」

そんなふうに言われてしまえば、アウローラに否やなどない。

メルクリウスの言う通りだ。国と国を繋ぐ政略結婚をした以上、自分達の夫婦仲が破綻すれば、国同士の繋がりも綻びかねない。記憶を失ったからといって、国際問題を起こしているわけにはいかないのである。

一番の解決方法は、アウローラの記憶を取り戻すことなのは明白だ。

「メルクリウス様の言う通りですわ。以前と同じようにすれば、私の記憶も戻るかもしれませんし！」

大きく頷くと、メルクリウスはニッコリと笑った。

「ありがとう」

「お礼を言うのはこちらの方ですわ。元はと言えば、私が記憶喪失などになったから困ったことになっているのですから！」

「そんなふうに思わないで。これは単純に事故だ。君のせいではないよ」

優しく宥めてアウローラの額にキスを落とした後、メルクリウスはガウンの懐を探って一通の封書を取り出すと、それをこちらに差し出してきた。

その封筒の少しザラザラとした独特の紙の手触りに、アウローラは懐かしさを覚える。

「これは、もしや……」

この封筒に使われているのは、サムルカ帝国で使われているパルコム紙と呼ばれる紙だ。とはいえ、巨大化した帝国には各地から様々な特産物が流入するため、表面の肌理《きめ》の細かい他の種類の紙が一般的になってきたが、この独特の風合いを好む一部の愛好家によって、未だパルコム紙も使われ続けているのだ。

アウローラの母もその一人で、母からの手紙はいつもこの紙で書かれてくる。

「君の母君からだ」

母のことを思い浮かべていたら、その当人が差出人だと言われてビックリしてしまった。

「母から、メルクリウス様に？」

首を捻りつつ送り主の名を見ると、確かに『ケレース・テスモポロス・ティタ・エカソニヌス』とある。間違えようもない。母の名だ。

（お母様から手紙……？　私宛ならともかく、何故メルクリウス様に？）

アウローラは訝しんだが、彼はなんでもないことのようにサラリと答えた。

「君の記憶喪失について報告したら、今日返事をいただいたから、君にも読んでもらおうと思ってね」

「は、母に記憶喪失のことを伝えたのですか？」

アウローラは仰天してメルクリウスを見る。

まさか自分の記憶喪失のことを、サムルカ帝国側に伝えているとは思わなかったのだ。

あの父帝が知れば、これ幸いと帰国させようとするに決まっている。当時の記憶がないから確かではないが、アウローラが嫁ぐ時、父は間違いなく渋い顔をしたはずだ。

（自分で言うのもなんだけど、お父様は私がお気に入りだったから……）

他のきょうだいたちは皆、母譲りの黒髪と茶色の瞳だった中、アウローラだけは父と同じ赤毛に琥珀色の瞳だったこともあるのだろうが、どちらかというと頭が良すぎることでアウローラがしでかす突飛な行動を、面白がっている感じだった。

（私が何かしでかす度、大笑いして『お前は嫁に行くな！』と言っていたもの……）

もしかしたら、アウローラが他国でしでかすのを心配していたのかもしれないが、娘を手元に置いておこうという意思は明確にあった。

「父が知ったら、私を連れ戻そうとするに決まっています！」

アウローラが蒼褪めて言うと、メルクリウスは目を丸くして、それから嬉しそうに目を細めた。

「君は戻りたくないんだ？」

「え、そ、それは……こ、国際問題に発展しかねませんし……」

指摘されて口ごもってしまう。国際問題云々《うんぬん》を憂慮して、というのは本当だけれど、自分の中に『帝国に帰る』という選択肢はなかった。

しばらく沈黙して考えた後、アウローラはポツリと告げる。

「……なんだか、不思議ですわ。私、故郷に帰ろうという気持ちが全くないのです」

「それはね、アウローラ。君が僕の妻だからなんだよ」

理屈になっているようでなっていない事を言われ、アウローラはフッと噴き出してしまった。するとメルクリウスは心外そうに眉を上げる。

「信じていないな。ではその手紙を読んでみるといい」

母からの手紙を指さして言われ、アウローラは半信半疑ながらもそれを開いた。

(──ああ、お母様の字だ……)

目に飛び込んできた母の字に、胸に懐かしさが込み上げる。

元平民だった母は、大人になってから字を覚えたらしく、ちょっと独特の筆跡なのだ。

母は学はないけれど誰よりも頭の良い人だと、アウローラは知っている。

(そうでなくちゃ、あの我の強いお父様を尻に敷くなんて神業、できっこないわよね)

いつも母に叱られていた父の姿を思い出し、顔を綻ばせながら母の字を目で追った。

『婿殿へ

お元気にしていらっしゃるかしら？　いつも手紙をありがとう。

さて、アウローラの記憶喪失のこと、知らせてくださって感謝しております。』


そこまで読んで、アウローラはポカンとしてしまった。

「……え？　メルクリウス様は、私のお母様と手紙のやり取りを、何度もされているのですか？」

まず驚いたのは、母の手紙の文章があまりにフランクだったことだ。とても一国の王妃が他国の王太子へ送る文体ではない。とても親しい友人か、家族に対するようなそれだ。

（いえ、婿だから……家族と言えば家族だけど……）

豪胆なところがある母だが、さすがに他国の王族相手にいきなりこんな砕けた文章の手紙を書いたりはしないはずだ。手紙の最初に『いつも手紙をありがとう』とあるから、よほど何度も手紙のやり取りをしてきたに違いない。

アウローラの疑問に、メルクリウスはさも当然といったように頷いた。

「うん。結婚当初に、君が教えてくれたんだよ。『帝国に何か要求する時には、父を通す前にまず母を通せ』とね」

「……なるほど」

アウローラは妙に納得してしまった。それは実に正しい。いかにも自分がしそうな助言でもある。

「姑君《ははぎみ》を頼るためには、仲良くなっておかねばならないだろう？　だから結婚してずっと、折に触れて手紙を送らせていただいているんだ。姑君は必ずお返事をくださっている。大変律儀で優しく、そしてとても頭の良い方だ。君は姑君に似たんだね」

不測の事態を見越してのメルクリウスの行動は、さすが一国の王太子、用意周到である。

これまで父に似ていると言われたことはあっても、母に似ていると言われたことがなかったアウローラは、少し驚いてしまった。

それと同時に嬉しいとも感じていた。

「……そう言ってくださると、とっても嬉しいです。お母様は、本当はお父様よりも賢い人なんです。いつも国のことを考えていらっしゃるの。各都市に人口に合わせた数の学校や孤児院、施薬院を作ったらどうかってお父様に進言したのも、本当はお母様なのよ。それなのにその事実を誰も知らなくて、まるでお父様の手柄にように言われているのが、私、少し悔しかったから……」

皇帝である父とは違い、母が表に出てくることはほとんどない。それは当然のことなのかもしれないが、それでも母が父に助言するというかたちで、どれほどの社会貢献をしてきたかを考えると、不平等だと思ってしまっていた。

「そうだね。姑君の手紙から素晴らしい方だということが伝わってくるよ」

「ふふ……。私、実は記憶喪失になってから、何か情報を、と思って私宛の書簡を検《あらた》めていたのです。その中に母からの手紙がたくさんあって……」

今自分が置かれている状況が、本当に正しいものなのかということを確かめる意味もあった。母からの手紙には、異国へ嫁した娘を案じ、多くの助言が書かれてあった。アウローラはそれで、自分が本当にこの国へ嫁いできたのだと信じられたのだ。

「お母様はすごく筆まめだったんだなって、その手紙の数を見て思ったんです。傍にいる時には手紙をもらうことなんてなかったから、知らなかったの。でもまさか、メルクリウス様とも手紙のやり取りをしていたなんて……！」

母を思い出しているせいか、なんだかしんみりとしてしまいながら、アウローラは再び手紙へと目を落とす。そしてギョッとなった。

『記憶喪失の件について、夫には伝えない方がいいと判断しました。
あの人が知れば、これ幸いとあの子を連れ戻そうとするのは目に見えています。
それはあなたもあの子も本望ではないでしょう。
ですが、少々困ったことが起きました。
夫が近々そちらへ訪問すると言い出しております。
あなたからの手紙は内密にしてありますが、なにしろ勘の鋭い人ですから……。

何か感じるものがあったのかもしれません。

あの人が言い出したら聞かないのはご存じでしょう?

おそらくほどなくして皇帝訪問の打診が貴国に伝えられると思います。

アウローラと力を合わせて、あなたたち夫婦への試練となるでしょう。

それでは、幸運を祈ります。この難局を乗り越えてください。

母より』

「えっ? お父様が来るの? た、大変!」

仰天して手紙から顔を上げると、メルクリウスの美貌が間近に迫っていて、もう一度ギヨッとなる。

「ち、近いですわ!」

つい心の声が表に出てしまった。狼狽《うろた》えるアウローラに、メルクリウスは「そう?」と小さく首を傾げる。

「だってキスをするんだから、近くて当然でしょう?」

「え……」

言うや否や、唇を塞がれた。

メルクリウスの唇は、昼間と同様、とても柔らかかった。

どうしてキスを？　という疑問が頭に浮かんだが、よく考えれば最初からそういう状況だった。母からの手紙で、すっかりそのことが頭から抜けてしまっていた。

「んっ」

触れていただけの唇が、角度を変えた。ぬるりとしたものに唇をなぞられて、びくりと肩が揺れる。舐められているのだと分かったが、アウローラにはどうしていいか分からない。分からないはずなのに、自然と唇が開いてしまった。

（――え……？　ッ！）

薄く開いた歯列を割るようにして、熱い舌が口の中に入り込んできた。驚いているはずなのに、アウローラの身体はまるでその感触を知っているかのように、顎を緩めてそれを受け止めていた。

「……ん、ふ、ぅ……」

メルクリウスの舌がアウローラのそれを絡め取る。撫でられ、擦られていく内に、頭の芯が痺れたようにぼうっとなった。身体の力が抜けて、倒れそうになるアウローラの頤《おとがい》を大きな手が支えてくれる。温かい手に頭を預けるようにすると、そのままゆっくりと背後に押し倒された。

優しくベッドに背中を付けた後、大きな手がそっと引き抜かれる。

その間もずっとキスは止まなかった。

メルクリウスはアウローラの口の中を丹念に舐《ねぶ》った後、ようやく唇を離した。

生理的な涙で霞《かす》む目で彼を見上げると、どちらのものとも分からない唾液で濡れた唇を、指でぐいと拭っているところだった。その顔に浮かんでいるのが獰猛《どうもう》そうな笑みで、アウローラの心臓がギュウウッと音を立てた。

（……か、格好いい……）

そんな風に感じるのはどうしてだろう。いつも穏やかに微笑んでいる彼と同一人物とは思えないほど、凶悪そうな笑顔だというのに。

心臓がドキドキと早鐘を打ち始めるのを感じながらメルクリウスの顔を眺めていると、自分の胸元に手が伸びてきた。

「脱がせるよ」

メルクリウスがうっそりとした微笑みのままで言った。

心臓がドキン、と一際大きな音を立てたが、アウローラは何も言わずコクリと頷く。

メルクリウスの手が器用に動いて、夜着の紐《ひも》を解いた。しゅるり、という衣擦れの感触が皮膚に伝わってきて、緊張が高まっていく。身体からギシギシと音を立てそうだ。

アウローラの身体が強張《こわば》っていることに気づいたのか、こちらを見つめる青い目が細くなった。

「大丈夫。……ただ、愛するだけだ」

囁かれたその言葉に、アウローラは「なるほど」と心の中で思う。

（今から始まるのは、「愛する行為」なのだわ……）

「閨事」という内容が未知の単語ではなく、「愛する行為」なのであれば、怖くない気がする。愛することは、アウローラも知っている。父から、母から、そして疎外感を覚えていたきょうだいたちからだって、いつも感じていたものだ。そしてアウローラだって、彼らを愛している。愛はアウローラにとって、身近で、あたたかく、優しいものだった。

夫に対する愛情は、家族に対するものとは多少かたちが違うかもしれないが、それでも怖いものではないはずだ。

「……あなたに、愛されてみたい。メルクリウス様」

言葉は、自然と口から零れ出ていた。

記憶を失う前の自分は、夫に愛されたことが勿論《もちろん》あるはずだ。目の前の、眩いばかりに美しいこの男から、どんなふうに愛されたのだろう。想像すると、胸にもやっとしたものが生まれた。

ばかげたことに、アウローラは過去の自分に嫉妬していた。

（私も、触れられたい。この人に、愛されたい）

忘れてしまったことを心から悔しいと感じたのは、今が初めてだった。

アウローラの吐露に、メルクリウスは目を見開いて動きを止める。それからアウローラの頬を手の甲でそっと撫でて言った。

「君を愛している、アウローラ。……たとえ君が忘れてしまったとしても、何度だって教えてあげる。僕がどれほど君を愛しているかを」

いつもは穏やかに澄んでいる青い瞳が、炎のように燃えていた。

ギラギラしたその目に宿るのが情欲なのだと、アウローラは何故か知っている。本能故なのか、記憶を失っても身体が覚えているからなのか。

だがそんなことはどうでもいい。ただひたすら、この青い目に映っているのが自分だと言うことが嬉しかった。

アウローラは両腕を彼の方に伸ばして言った。

「私を愛して」

愛を希《こいねが》う心が、これほど熱いなんて知らなかった。熱くて、純で、どうしようもなく、自分自身だ。富や地位や虚栄心や自尊心——自分の外側を覆う全てを取っ払った丸裸の自分で、愛とは乞わなければいけないものなのだ。

アウローラの懇願に、メルクリウスは微笑んだ。

「喜んで」

短くそう請け負うと、頭を下げてキスをしてくる。

それは先ほどよりも獰猛で、齧《かぶ》りつくようなキスだった。性急に口の中に押し入られ、舌で蹂躙《じゅうりん》される。唾液が泡立つような水音に羞恥心が込み上げたけれど、すぐにそれどころではなくなった。上顎の敏感な部分を擽《くすぐ》られ、ゾクゾクとした震えが背筋を走り抜ける。間近に見えるメルクリウスの青い瞳、彼の肌の匂い、舌の味、荒い吐息の音、自分の胸元を滑る彼の手の感触――五感の全てをメルクリウスに侵されていくのを感じた。

やがてキスを終えたメルクリウスが、額を合わせてアウローラの瞳を覗き込んで、熱い吐息と共に囁いた。

「愛している。僕がこの世で欲しいと思ったのは、君だけだ。君だけしか、要らない」

ぶわ、とアウローラの全身が、歓喜に震えた。どうしようもなく抗《あらが》いがたく、成す術もなくただ受け入れるしかない、光のような歓喜だった。

その瞬間、アウローラは自分がメルクリウスを愛していることを知った。

「――ああ、私、あなたを愛しているみたい」

記憶がなくとも分かった。分からされたと言っていい。

（彼を愛した過去を忘れてしまっても、今この瞬間、私は彼を愛している……！）

震える手でメルクリウスの顔を包み込む。自分の手は小さくて、両手で包んでも彼の全てを覆うことはできない。それでも、できるだけ多くの部分で彼を感じたかった。

アウローラの告白に、メルクリウスは驚きもせず、ただ微笑んだ。

「知っていたよ」

そう一言応えると、瞼に唇を寄せて目尻に滲む涙を唇で拭い、そのまま首筋を伝い下りるようにして、たくさんのキスを落とされる。

「白いね。まるでキャンバスだ」

鎖骨にまで辿り着くと、メルクリウスはうっとりとした口調で言って、そこに強く吸いついた。

「あ……」

ちり、とした痛みを感じて目を遣《や》れば、そこには赤い花びらのような痕が残されていた。

「きれいについたね」

鬱血痕を指で愛おしげに撫でながら、メルクリウスが言った。その表情が嬉しそうで、アウローラは不思議になる。

「今は赤いけれど、明日には黒くなってしまいます……よ?」

そうしたらきれいではなくなる、と心配したけれど、メルクリウスは苦笑した。

「色が問題なんじゃない。君のまっさらな身体に、僕の印を捺《お》す。それがどうしようもなく興奮するんだ」

そんなものだろうか、と思うと同時に、彼の印を自分につけられているのだと思うと、妙な高揚感が湧いてきた。

「嬉しい……」

心のままに呟いて微笑めば、メルクリウスがクッと眉根を寄せる。

「メルクリウス様？」

何かいけないことをしてしまっただろうかと心配になっていると、彼は小さくため息をついて呻くように言った。

「……あまり、煽《あお》らないでほしい。箍《たが》が外れてしまう」

煽った覚えなどない。驚いて首を横に振ったが、メルクリウスはニヤリと意地悪い笑みを浮かべる。

「僕はこう見えて、ずっと我慢をしてきたんだよ。煽ったからには、責任を取ってもらおうかな？」

「せ、責任って……」

そんなことを言われても、とアウローラは眉を下げたが、メルクリウスは許してくれなかった。悪い笑顔のまま手際よくアウローラの夜着を剝ぎ取ると、生まれたままの姿にしてしまう。

「ま……待って、待ってください……！」

自分の全身に彼の視線が注がれているのを感じて、アウローラは堪《たま》らずベッドの上で身を丸めた。

自分の身体が女性らしい魅力に欠けたものだという自覚はあった。入浴時に確かめたが、胸の大きさも尻の大きさも、十二歳の頃の記憶とあまり大差はなかった。もちろん多少は育っているけれど、母や姉たちのような丸みとは程遠い、ささやかな成長だ。それが今メルクリウスの前に晒されているのだと思うと、さすがに不安になってしまう。

海老《えび》のように丸くなって身体を隠していると、メルクリウスが不思議そうに言った。

「どうしたの。隠さないで。僕に見せて」

「だ、だめです……！　私の身体は、貧相ですもの……！」

彼に呆れられたらどうしよう、と半泣きになっていると、脇腹にキスをされて跳び上がってしまう。

「きゃあっ」

くすぐったさに悲鳴を上げると、その拍子に腕を掴まれて丸めていた身体を仰向《あおむ》けに開かれた。手首を掴まれて頭の両脇に押し付けられ、自分の真上にきたメルクリウスの秀麗な美貌に顔を覗き込まれる。

「きれいだよ。君がどんな姿だって、僕にはきれいに映る」

「そ、そんな……」

「言っただろう、僕は君以外要らないと。僕にとっては、君が君であることだけが重要なんだ」

そう断言されてしまえば、アウローラには成す術がない。自分もそうだからだ。メルクリウス以外要らない。彼が彼であることが重要で、たとえ彼の顔に醜い痣《あざ》があったとしても、彼を愛する気持ちに変わりはないと、胸を張って言える。

だから、おそるおそる身体の力を抜くと、メルクリウスは満足そうに頬を緩めた。

「いい子だ。どうか僕に君を愛させて」

そんな懇願までして、アウローラの唇に啄むだけのキスをする。

ちゅ、ちゅ、と可愛らしい音を立ててキスをされていると、大きな手に乳房を摑まれた。メルクリウスの手は乾いていて、温かい。きっとこの手には頼りない大きさだろう。

「ち、小さくて、ごめんなさい……」

思わず謝れば、今度はメルクリウスが眉根を寄せる番だった。

「小さいと何がいけないの？」

「え……」

そう問われると、確かに、と思ってしまう。

「あの……、お、男の人は、大きな胸がお好きなのでは？」

父もそうだったし、兄や弟もそうだったような気がするからそう問えば、メルクリウスは「さあ？」と興味なさげに答えた。

「その人の好みによるんじゃないかな？　少なくとも僕にとっては、胸の大小は問題にならないね。君の胸じゃなければ、ただの脂肪の塊だ」

「し、脂肪の塊……」

すごい表現の仕方に、鸚鵡《おうむ》返しをしてしまう。戸惑うアウローラに、メルクリウスは「そうだよ」と相槌を打つ。

「君は小さいと悪口のように言うけれど、この白くて丸い乳房は、とても美しい形をしているし、柔らかくて、すべすべしていて、揉《も》んでいるだけで幸せな気持ちになるんだ」

言いながら乳房を優しく揉まれ、なんだか居た堪れない気持ちになってしまった。

「そ、そうですか……それなら、……」

良かった、と言おうとしたアウローラは、乳房の頂きの赤い実をキュッと抓まれてビクリと身体を揺らした。

「あっ……！」

敏感な部分への強い刺激に、アウローラは小さく悲鳴を上げる。抓まれた乳首の先が、熱くなるのを感じた。

「この赤い乳首もとても可愛い。薄赤い色味も愛らしいいし、こうして捏《こ》ねてやると固くしこってくるのが健気で、堪らないいんだ」

まるで仔猫でも愛《め》でているかのように優しげな声で言って、メルクリウスが指で乳首を捏《こ》ね回す。

「ぁっ！　あ、ぁあっ、んっ、だ、だめ、メルクリウスさまっ……！」

敏感な胸の先へ絶え間なく快感を与えられて、アウローラは嬌声を上げながらメルクリウスの手首を摑んだ。このまま乳首を弄られ続けたら、身体がどうかなってしまいそうだ。だがメルクリウスの腕は太く、アウローラの力くらいではビクともしない。

「だめだよ、アウローラ。じっとして、快感を受け入れて。君はこれが好きなはずだよ」

窘める声音に笑みが含まれている。

余裕がある彼に、アウローラは少し面白くない気持ちになってしまった。だが文句をつける余裕など与えてもらえない。メルクリウスは片方の胸の尖りを指で捏ね回しながら、もう片方を口に含んでしまう。

「ひ、ぁあっ」

胸の先が熱く塗れた感触に包み込まれる。メルクリウスは強く吸い上げた後、舌先で乳首を転がし始めた。

「んぁっ、あっ、だめ、そんな、あっ……！」

指と舌で両方の乳首を蹂躙されて、頭が痺れるような快感に襲われる。胸の先から発した熱が身体の中を通って、じんじんとした疼《うず》きを下腹部にもたらした。じわりとお腹《なか》の奥から何かが蕩け出すのを感じて、アウローラは太腿《ふともも》を擦り合わせる。

もじもじとした身体の動きを感じ取ったのか、メルクリウスが吐息で笑って、乳首から唇を離した。彼の形の良い口からプルンと飛び出した自分の胸の先端が、見たこともないほど固く尖り充血している。メルクリウスの唾液で濡れてテラテラと光る様が異様に淫靡に見えて、アウローラは思わず目を瞑《つぶ》った。

「やぁ……」

恥ずかしくて見ていられない。

そんなアウローラを、メルクリウスが優しい声で叱った。

「ダメだよ、アウローラ。目を閉じないで、ちゃんと見てごらん」

「い、いやです……」

こんな恥ずかしいもの、見られるわけがない。だがメルクリウスは許してくれなかった。

「ダメだ。ちゃんと見なさい。今君は、誰に触れられているのかを。君を抱いているのは誰なのかを」

先ほどより厳しい声で言われ、アウローラはしぶしぶ目を開く。すると自分の太腿に手をかけ、こちらを見下ろしているメルクリウスと目が合った。

いつの間に脱いだのか、メルクリウスもまた裸だった。その裸体の美しさにアウローラは目を瞠《みは》る。肩の盛り上がりや、厚い胸板、そして腹の辺りの筋肉の隆起。日頃から鍛えていることが窺《うかが》える鞭《むち》のようにしなやかな肉体だった。

「いい子だ。ちゃんと見ていなさい」

メルクリウスはそう言うと、アウローラの太腿をパカリと開くと、そこに顔を埋めた。

彼の肉体美に気を取られていたアウローラは、目に飛び込んできたその光景に息を呑む。

「なっ！　いやっ、メルクリウス様！」

自分でもちゃんと見たことのない場所だ。そこを彼に晒しているなんて信じられない。

驚愕《きょうがく》して脚を閉じようとするが、メルクリウスの腕にしっかりと押さえ込まれていてままならない。

あらぬ場所にぬるり、と何かが這った。それが彼の舌であることは想像に難くない。

「ぁっ……！」

小さく悲鳴を上げて、アウローラはビクンと腰を揺らした。この先にある快楽を、身体が知っている。彼に身を任せていれば、このまま甘い快感の果てに連れて行ってもらえるのだと。

「そう、いい子だね」

脚から力を抜いたアウローラを、メルクリウスが優しく褒めた。そして愛おしげに陰唇を舐めると、うっそりと囁く。

「ああ、もう蜜をこんなに零して……僕の愛撫を覚えていたんだね」

メルクリウスが舐めるまでもなく、奥から愛蜜が溢《あふ》れ出していた。

アウローラは恥ずかしさに顔を赤らめたが、彼はただ嬉しそうだ。指で蜜口の上の肉粒を突《つっ》きクスクスと笑った。

「ここもう膨らんでいる。可愛いね」

言いながら溢れ出る蜜を指に纏わせると、それを肉芽に擦り付け、くりくりと円を描くように弄り始める。おっとりと紡がれる言葉とは裏腹に、その手つきは忙《せわ》しなかった。片方の手で陰核を嬲《なぶ》りながら、もう片方の手の指で蜜口を広げる。

「ちゃんと解さないとね」

メルクリウスは言い聞かせるように言って、アウローラの泥濘《ぬかるみ》につぷりと指を入れた。

「ひあっ」

自分の内側に他人の指を感じて、アウローラは眩暈がした。そんな場所、怖くて自分で触れたこともない。なのに身体は彼の指を歓待するかのように、すんなりと呑《の》み込《こ》んだ。

「ああ、熱いね。もうすっかり濡れてぬるぬるだ。相変わらず襞《ひだ》が細かくて、絡みついてくる。ここに挿れたら、さぞかし気持ち好いだろうね……」

メルクリウスが夢見るような調子でうっとりと呟いているが、アウローラはそれどころではない。肉芽を弄られ、肉筒を指で犯され、頭が変になりそうだ。

アウローラが十分に塗れていることを確認したメルクリウスは、早々に膣内《なか》にいる指を二本に増やした。受け止めるアウローラの蜜口は柔らかくそれを受け入れ、呑み込んでしまう。

「時間をかけて慣らした甲斐《かい》があったよ」

しみじみと言うメルクリウスの声は、もうアウローラには届いていない。

「きゃ、ああ、ぁ、ひぁあ」

強烈な快感に、アウローラは仔猫のように鳴いた。

メルクリウスの手つきは容赦なく、アウローラから快感を引き摺《ず》り出そうと執拗《しつよう》だった。

ビンビンと快感の琴線を弾《はじ》かれ続け、全身の感覚が鋭敏になっていく。身体を駆け巡る血潮にまで、愉悦の毒が回っている。メルクリウスに与えられる刺激だけに神経が集中し、引き絞られて、今にも弾けそうだ。

熱い快感の渦の中で、けれどアウローラは知っていた。

身を任せていいのだと。

この先にある白い愉悦の果てに、彼が連れて行ってくれる。

「ぁ、ああ、メ、メルクリ、ウス、さまぁ……」

四肢が引き攣り、爪先がシーツを掻いた。浮いた腰を逞しい腕が抱き締めてくれる。

「いいよ。いきなさい、アウローラ」

低く優しい導きの声に安堵して、アウローラは高みに駆け上がった。

「あ、ああ……」

声にならない掠《かす》れた嬌声と共に、小さな白い身体が愉悦の痙攣《けいれん》に仰《の》け反《ぞ》る。大きな男の腕がその身を愛おしげに抱き留め、薄い腹に頬ずりをした。

「ああ、可愛い。なんてきれいなんだ、アウローラ。女神のようだ」

快感に歪《ゆが》む妻の顔に何度もキスをして、メルクリウスが囁く。

絶頂の余韻の中にいるアウローラは、それを呆然と受け止めていた。

（これが……閨事……）

未だに身体のあちこちに、あの圧倒的な快楽の名残りが火花のように煌めいている気がする。汗の浮いた脚をそっと動かそうとすると、大きな手にガシリと膝裏を掴まれた。

（え……？）

なんだろう、と働かない頭で考えていると、再び脚を開かされて驚いた。

「メルクリウス様……？」

重たい首を擡《もた》げてそちらを見ると、自分の脚の間にメルクリウスが陣取っている。彼の腹の辺りに、何か赤黒いものがそそり立っているのが見えた。

「……？」

あれはなんだろう。目を凝らそうとしたアウローラの前で、メルクリウスがそれに手をかけてアウローラの股座《またぐら》に宛《あて》がった。

「え……」

ヒタリ、と熱く硬いものが蜜口に密着するのが分かる。

メルクリウスは準備を終えたといったようにこちらを見て、ニコリと微笑んだ。

「アウローラ。今から君を僕の妻にするよ」

（……？　何故今、そんなことを……？）

アウローラは小さな違和感を覚える。

今からも何も、自分は嫁いだ時から彼の妻なのではないのか。

「はい。私はあなたの妻です」

不思議に思いながらもきっぱりと頷いたアウローラに、メルクリウスはくしゃりと笑う。

（……ああ、この笑顔……）

作り笑いではない、本物の笑顔。アウローラの好きな笑顔だ。

「愛しているよ、アウローラ。君は、僕の全てだ」

泣き笑いのような顔で愛を告げられて、アウローラもなんだか泣きたくなる。理由もなく泣きたくなるなんて、まるで子どもだ。

（だけど、愛し合うって、そういう行為なのかもしれない）

生まれたままの姿で、心の裡を吐露して、相手の愛を乞うのだから。ありのままの自分を曝《あば》け出し、ぶつけ合わなければできない行為なのだ。

「愛している」

メルクリウスはもう一度言って、上体を屈《かが》めるようにして顔を寄せてきた。

と同時に、脚の間が、もの凄《すご》い圧迫感に襲われる。

「――ん……う、……っ」

メルクリウスの顔が近づくほど、蜜口に宛がわれたそれが膣内へと入り込んでくるのが分かった。唇が重なった時には、先の方が蜜筒の浅い部分に嵌《は》まり込《こ》んで、粘膜がみちみちと音を立てそうなほどに広げられていた。

（アレを、私の中に入れようとしている……？）

ではつまり、アレがおしべでコレがめしべというわけか、と妙に納得しながら、アウローラはその圧迫感に耐えた。

考えてみれば、先ほどまでの行為の中に、メルクリウスの『おしべ』と思《おぼ》しきものが登場しなかった。メルクリウスの腰のあたりに生えていたアレがおしべであるならば、身体の同じような位置にある自分の秘所がめしべであろう。凸と凹というわけだ。なるほど。

（――つまりはこれが閨事の本番だということ）

ならばこの圧迫感にも耐えねばならない。

だがしかし、である。これは本当に入るのだろうか。どう考えても凸と凹のサイズが合わない気がしてならない。

知らぬ内に歯を食いしばっていたらしく、口を開かないアウローラに、メルクリウスが苦い笑いを漏らす。

「アウローラ。力を抜いて」

そんなことを言われても、とアウローラは眉を下げてメルクリウスを見た。

「で、できません……」

喉から出てきたのは、自分でもびっくりするほど弱々しい声だった。侵入してくる異物に、全身が怯《おび》えているのが分かる。強張りを解こうにも、自分の身体なのに言うことを聞いてくれなかった。

半分泣きそうになっているアウローラに、メルクリウスは優しく頬を撫でてくれた。

「そうか。やっぱり痛い？」

「やっぱりって……閨事は痛いものなのですか？」

そんなことは初耳だ。そもそも夫婦の営みについてはあやふやな子どもの知識しかない状態なのだから、仕方ないのかもしれないが。

怯えるアウローラに、メルクリウスは困った顔になった。

「……いや、痛みは初めての時だけだよ。それ以降は、気持ちが好いはずだ」

「初めての時……？　でも私は、初めてではないのでは？」

自分たちは結婚して五年目の夫婦だ。女官の話では夫婦仲も円満で、記憶喪失になるまでは同じベッドで眠っていたらしい。これまでに閨を共にしていないはずがない。

アウローラの当然の疑問に、メルクリウスは苦い笑みを浮かべる。

「……僕が君を抱くのは、これが初めてなんだ」

「――えっ……？」

意表を突かれる答えに、アウローラは目を見開いた。

それはどういうことなのか。五年も夫婦でいながら、何故。

驚きすぎて、強張っていた身体が一気に弛緩する。その隙を、メルクリウスは見逃さなかった。

「ごめんね、アウローラ。愛している」

謝罪と共に愛を告げられた次の瞬間、メルクリウスが勢いよく腰を打ちつけた。

「――ッ！」

悲鳴も上げられなかった。

身体の中心を雷で貫かれたような衝撃に、アウローラは呼吸すらも奪われる。

その衝撃が痛みなのだと分かったのは、しばらく経ってからだ。

「アウローラ、息をして」

低い美声が耳元で聞こえ、アウローラは息を止めていることに気づいた。ハ、と短く息を吐くと、身体の硬直が少し緩んだ。緊張が解け始めると、自分の下腹部がじんじんと熱を持っていることを感じて、これが痛みだったのだと理解した。

強張っていた四肢は、緩むと同時に小刻みに震え出す。

「痛かったね、すまない。痛みが長引くよりは一瞬で終わった方がいいだろうと思ったんだけど……」

メルクリウスは何度も謝りながら、アウローラの身体を大きな手で撫で擦《さす》った。温かい手に撫でられる内に、鮮烈だった痛みが少しずつ治まっていく。それでもまだ手は震えていたが、アウローラはメルクリウスの顎に触れた。

「……これで、私はあなたの妻になれた？」

アウローラの問いに、心配そうにしていたメルクリウスが瞠目する。そしてその青い瞳に、歓喜の光が躍った。

「そうだよ。これで君は、僕の妻だ」

その答えに、アウローラは「やはり」と思った。

間違いなく、今の衝撃が初めての痛みだ。つまり、二人は五年間もの間、本物の夫婦ではなかったということだ。

『今から君を僕の妻にするよ』

先ほどメルクリウスが言った台詞は、そういう意味だったのだ。

（後で訊かなくてはならないことは山ほどあるわ）

その事情とはなんなのか。そして、何故今それを成し遂げる必要があったのか。

失った記憶の中にその答えがあるのだろうか。

今のアウローラには分からないことだらけだが、でもそれは今置いておこう。

理由や事情がなんであれ、今自分は彼の本物の妻になれたのだから。

メルクリウスと深いところで繋がっている——その事実が、痛みや、疑問といったものを凌駕《りょうが》するほどの多幸感をアウローラに与えていた。

「嬉しい」

アウローラは言って、笑う。まだ身体は痛みの余韻に震えていたけれど、どうしようもなく嬉しかった。目を細めたことで、琥珀色の瞳から透明な涙が転がり落ちる。その雫《しずく》を、メルクリウスの唇が受け止めた。

「僕も嬉しい。アウローラ、僕の……宝物」

まるで譫言《うわごと》のように呟いて、メルクリウスはアウローラの唇を求めた。キスはすぐに深くなり、口の中がめちゃくちゃに犯される。舌を吸われ、絡められて、息を吐く間もなく喘《あえ》いでいると、メルクリウスが腰を揺らし始めた。

「んっ、う、ううんっ」

自分の腹の中をみっちりと満たす肉の塊が、ず、ず、と前後するのに合わせて、自然と声が出た。開かれたばかりの隘路は健気に震え、凶悪な侵入者の動きに応えるように、奥から愛蜜を吐き出していた。身動きのたびに粘着質な水音が寝室にこだまする。

「ああ、アウローラ、すまない。好《よ》すぎて、我慢できない……！」

キスの合間に、メルクリウスが熱い呼気と共に、苦しげに言った。

いつの間にか閉じていた目を開くと、目の前には切なそうに眉根を寄せる、愛する男の顔があった。額には汗が浮き、苦しそうなのに、青い目だけがギラギラと底光りしていた。

その肉食獣のような獰猛な眼差しに、アウローラの心臓がギュッと音を立てる。愛する雄が自分を求めてくれているのを、本能で感じた。身体の芯がゾクゾクと震えるほどの歓喜を覚え、アウローラは微笑んで彼の首に腕を回す。

「我慢など、しないで。……私を愛して」

——思うまま、貪って。

言葉にしなかった願いを嗅ぎ取ったメルクリウスが、堰を切ったように動き出す。

「ひゃうっ」

ズン、と鋭い一突きで、奥の奥まで突き入れられた。これ以上はもうないという所まで、太く硬い熱杭で埋め尽くされる感覚に、アウローラの小さな身体がひくひくと痙攣した。

「ああ、アウローラ！」

獣のような声で吠《ほ》え、メルクリウスが激しく素早く腰を打ち付ける。その嵐のようなリズムに合わせて、ベッドがギシギシと軋《きし》む。

「あ、あ、ああ、ぃ、あ、あぁっ」

揺すぶられるままに、アウローラは甲高い声で啼《な》いた。

硬い先端で蜜襞を幾度もこそがれ、最奥を圧し潰すように突かれると、鈍い痛みにも似た快感が下腹部に生まれる。じくじくと熱く、内側から焼け焦げてしまいそうだ。

メルクリウスがアウローラの膝を腕に掛け、伸し掛かってきた。尻が浮き、これまでとは違う角度で穿《うが》たれて、アウローラの眼裏にパチパチと光が瞬《またた》く。

「はっ、あっ……んぅ、うう」

身体を織り込むような体勢に、内臓が圧迫されて苦しい。その上太く長いメルクリウスのおしべに膣内を掻《か》き回されて、苦しさに吐き気すら覚える。

それなのに、それ以上に気持ち好かった。

メルクリウスの熱杭が激しく出入りする度、それを歓待するように自分の内側が蠢《うごめ》いて吸いついているのが分かる。性急な抽送に愛蜜が、じゅぶ、ぐちゅ、と淫らな水音を立てる。掻き回されて泡立った粘液が、どろりと尻の窄《すぼ》みへと伝い落ちていった。

「ああ、ひ、あ、ひあ、も、める、くりうすさま……っ」

愛する男の肉で内側を犯され、アウローラの身体の奥に快感の熱が溜まっていく。

気持ち好くて、熱くて、爆発しそうだった。

メルクリウスが眉根を寄せて、クッと息を殺した。何かを堪えるような表情で、アウローラの首筋に噛みついてくる。硬い歯の感触に、ただでさえ敏感になっているアウローラは仰け反って悲鳴を上げた。

「ひぁああっ」

その拍子に突き出すように晒された乳房にも、メルクリウスは齧《かじ》りつく。柔らかな肉に歯が埋まり、その痛みにもアウローラは感じてしまった。

「あああっ」

「ああ、すごいよ、アウローラ。こんなにも好いなんて……！」

恍惚《こうこつ》とした口調で言うメルクリウスは、腰の動きを止めることはなかった。弾けそうなほどに膨らみ切った己を、愛妻の小さな蜜口に叩き込み続ける。凶悪な肉の杭を咥《くわ》えさせられた憐《あわ》れな肉の花弁は充血し、薔薇の花びらのように真っ赤になっていた。

アウローラは自分の中を怒涛《どとう》のように駆け巡っている激しい愉悦に、眩暈がした。自分の思考も身体も、メルクリウスに与えられる快感にドロドロに溶かされていく。自分が自分でなくなっていく感覚に、何故か恐怖はなかった。溶けた場所から、彼と一つになっていく——そんな奇妙な幸福感があった。

「アウローラ、僕の全てを、受け止めてくれ……！」

メルクリウスが切羽詰まった声で言った。

どくん、と大きく脈打ったおしべが、一際質量を増す。

（満たされている。私の中を、全て、メルクリウス様に……）

交じり合う幸福に、快感が爆発する。圧倒的な快感の波に浚《さら》われて、アウローラは白い光を見た。

「あ、あ、ああ……！」

愉悦の境地に達して、蜜筒が収斂《しゅうれん》する。その時に合わせるように、怒張が一番奥まで突き入れられて、そこで弾けた。自分の内側で、彼がビクビクと震えるのを感じながら、アウローラはゆっくりと目を閉じたのだった。

第四章　妃は幼馴染みと再会する

「おうおう、アウローラや！　会えて嬉しいぞ！　どれ、その可愛い顔をこの父によく見せておくれ！」

　登場するなり満面の笑みになり、両腕をこちらへ向けて広げてみせたのは、サムルカ帝国の皇帝サムルカである。ふさふさとした赤い髭と、獅子《しし》の鬣《たてがみ》のような巻き毛を靡《なび》かせ、厳《いか》つい肩に白と金のマントを羽織った威風堂々たる姿は、齢五十を過ぎてもなお、稀代《きたい》の覇者という肩書に相応《ふさわ》しく勇ましかった。

「お父様、お久し振りですわ。お会いしとうございました！」

　皇帝の腕の中に飛び込んだのは、このルドニア王国の王太子妃、アウローラだ。皇帝と同じ赤い巻き毛を淑女らしく結い上げ、クリーム色のドレスを少女のように華奢《きゃしゃ》な身に纏っている。細い首を飾っているのは、夫の瞳と同じ鮮やかな空色をした燐灰石《アパタイト》のネックレスだ。

　ルドニア王国の謁見の間で、ひし、と抱き合う親娘を、サムルカ帝国の者もルドニア王国の者も、微笑みながら見守った。

——皇帝サムルカのルドニア王国訪問の報《しら》せは、母の手紙にあった通り、それから数日後にルドニア王国に届けられ、両国のスケジュールを調整した結果、訪問はその一月後と決定した。

父帝が来るまでに、アウローラの記憶が戻っていれば問題はなかったのだが、残念ながら思い出すことはないまま、とうとうその日がやって来てしまった。

（絶対に、お父様にバレてはいけないいわ……！）

アウローラの強い希望で決まったルドニア王国との婚姻は、アウローラにその記憶がないと分かれば、療養と称して帝国へ連れ帰り、様々な理由をでっちあげて自分の傍に留めおこうとするだろう。

（それどころか、王太子妃である私の立場を利用して、ルドニア王国を乗っ取ろうとする可能性だってあるのだから……！）

王太子妃であるアウローラが産む子は、ルドニア王国の王となる資格を持つ。その子を利用して所有権を主張すれば、国の乗っ取り完了である。残念ながら、帝国の途方もない軍事力の前に、ルドニア王国には成す術はないだろう。たとえアウローラの腹にメルクリウスの子が宿っていなくとも、別の男の子を宿してそれを彼の子だと言い張れば問題はない、と笑顔で言う父が容易《たやす》く想像できる。

父は妻の尻に敷かれていて子煩悩ではあるが、それ以前に大陸に君臨する皇帝であり、冷徹で容赦がない政治家だということを、アウローラは知っている。他国を手に入れるために子を利用し孫を傀儡《かいらい》にする程度のこと、大した葛藤もなく笑いながらやってしまう人なのだ。

（だから、私はメルクリウス様と熱烈に愛し合っている夫婦！　それを見せつけていかなければ！）

思えば、メルクリウスがあの日自分を抱いたのも、これが理由だったのだろう。

結婚して五年も経つのに、未だに夫婦の契りを交わしていなかったのだ。聡い父に、本当の夫婦でないことを勘づかれてしまってもおかしくない。

夫婦の契りを交わしてこなかった理由を訊ねると、メルクリウスは少し困った顔で答えた。

『……君は嫁いで来た時、まだ十三歳だったんだよ。まだ稚《いとけな》さを残した少女を手籠《てご》めになんてできるわけがない。僕は鬼畜じゃないんだ』

その理由に、半分は納得した。思春期の子ども同士ならともかく、当時メルクリウスは二十歳の成人男子だ。幼女に毛が生えた程度だったアウローラなど、性的対象になるわけがない。

（……まあ、今でもそれほど成長できているとは言い難いけれど）

アウローラは自分の凹凸の少ない身体を思い浮かべて思う。だが今は、胸は前よりは大きくなっているし、お尻だってふっくらしている。……ささやかな成長ではあるけれど。それでもとにかく、今のアウローラは子どもだとは思われていないのだと思いたい。

（……本当の妻として、抱いてくださったのだもの）

少なくともメルクリウスが欲情できる程度には成長できているはずだ。

とはいえ、納得できたのは半分だ。

なにしろ、自分たちの結婚は国と国の政略結婚なのだ。十二、三歳での輿入《こしい》れなどよくある話だし、酷いものになれば、一桁の年齢の子どもが四十路《よそじ》を過ぎた男へ嫁がされる例だってある。いずれの場合も初潮が来るのを待ちはするが、初潮が来れば即座に閨事を行うのが慣例だ。子どもを作ることが目的なのだから当然だろう。

（この国に嫁いできた時には、私は既に初めての月のものがあったはずだもの）

アウローラが初潮を迎えたのは十二歳の時だから、その時の記憶がある。

だからメルクリウスには、アウローラを抱く義務があったはずなのに。

メルクリウスは飄々としてはいるが、その実、王太子としての矜持を強く持っている人だ。この国の未来の王として成すべきことを成す、という揺るぎない信念のもとに生きている。彼がそのためならばいくらでも冷徹になれることを、アウローラは知っている。

（あのミネルヴァお姉様との婚約破棄も、笑顔で即決したと聞いたもの）

メルクリウスとミネルヴァは恋愛関係ではなかったが、それでも幼い頃から婚約者として長い時間を一緒に過ごしてきた幼馴染みだった。彼女のことを思えば葛藤があっても良さそうなものだが、メルクリウスは一切躊躇しなかったらしい。

『どちらがルドニア王国のためか、考えるまでもない』

そう言って帝国のゴリ押しを受け入れたのだ。自己犠牲とまでは言わないが、メルクリウスにとって、貫くべきは自己ではなく国なのだということを、如実に表した例と言える。

そんな彼が、国が関わる事項で義務を怠るなんてことをするだろうか？

それも、五年間も？

腑《ふ》に落ちない話ではあったが、アウローラはそれ以上追及することをやめた。

（……メルクリウス様が話してくれるのを待つわ）

自分でも不思議だが、自然とそう思った。これまでの自分だったら、抱いた疑問は解決するまで食い下がったし、決して諦めたりできなかった。おそらくアウローラは、物事を追求したいという欲求が、他者より強い性質なのだろう。

だが今は待つことができる。

人にしても物事にしても、理論や理屈の線上にない理由があるということを、理解できているのだ。理屈では語りえない心の動きや、分かっていてもできないことも、世の中には多々ある。愛する家族を失った人が、その悲しみを乗り越えるのが正しいと分かっていても、乗り越えられないこともある。貧しい人が、それが悪行だと分かっていてもパンを盗んでしまうことだってあるのだ。

世の中は正しいことだけで形成されているわけではない。そして『正しい』とされることだって、時代や国によって変化もする。

（自分の『正しさ』を相手に押しつけることは、時に相手を圧し潰すことにもなりかねないのだから）

アウローラは、パンを盗まなければ飢えて死んでしまう人に、盗んだことを責めることはできない。むろん、盗みは悪いことだ。だがその人にとってパンを盗むか否かという選択は、生きるか死ぬかという選択だ。生きる選択をした人に、「あなたが生きることは悪いことだ」と言えるだろうか。アウローラは、言えない。

（メルクリウス様には、メルクリウス様の考えがあって、話さないのでしょう）

彼が五年もの間、アウローラに手を出さないでいた理由。

『アウローラが幼すぎた』というものは、きっと間違いではない。だがそれだけでは決してないはずだ。

（メルクリウス様が言わないのであれば、それはまだその時ではないということ）

アウローラが説明を求めていることは、彼も分かっているはずだ。だから、その時がくれば話してくれる。そう心に決めて、アウローラは問《と》い質《ただ》さないでいるのだ。

（……そんなことより、まずは今直面している問題に集中することよ！）

アウローラは父の抱擁を解いて、明るく微笑んだ。

「お父様、長旅お疲れ様でした。お疲れではないですか？」

娘の労《いたわ》りに、皇帝は鋭い眼光を緩める。

「ははは！　この程度で疲れていては、皇帝など務まらん！」

「まあ、お父様ったら」

「ルドニア王国へようこそおいでくださいました、皇帝陛下」

アウローラの隣に並んだメルクリウスが、皇帝に歓迎の挨拶をした。

皇帝は婿の顔を見ると、大袈裟なほどの笑顔になって婿の肩を叩いた。

「おお、メルクリウス殿。急な訪問を受け入れてくれて感謝する。なにしろ、もう何年も愛娘の顔を見ていなかったのでなぁ！　心配だったのだ！　ははは！」

「それはそれは、申し訳ないことを致しました！　しかし陛下、ご心配には及びません。我が愛妻アウローラは、この国の王太子妃として、賢妃と称《たた》えられるほどよくやってくれていますから」

「ああ、だからこそ、可愛いこの子が無理などしていないか、この目で確かめねば心配なのだよ。親とはいつまでも子を心配するものだからなぁ」

父と夫の会話に、アウローラは内心ヒヤヒヤしていた。

ははは、ふふふ、と表面上は笑顔で話しているが、二人の間には氷のような緊張が張り巡らされている。さながら獅子と虎が睨《にら》み合《あ》っているかのようだ。

（こ、この二人、よく考えたら似た者同士なのかも……しれないわ……）

腹黒・冷徹・人を食った態度――これ以外にも、共通点が多そうだ。

新たな発見に複雑な心境になっていると、メルクリウスの父であるルドニア国王が進み出た。

「我が国へようこそおいでくださった、皇帝陛下。お疲れではないかもしれないが、部屋を整えてありますので、ひとまずは旅装を解かれて寛《くつろ》いでください」

メルクリウスとよく似た美貌ながら、息子とは違いとても温和な雰囲気の国王陛下に、父帝が張り詰めた雰囲気を解く。

「ご厚意痛み入る」

微笑んでルドニア国王と握手を交わす父に、アウローラは付け加えた。

「お父様がお好きな黒茶《こくちゃ》を取り寄せてありますわ。後でお部屋に伺うから、淹れて差し上げます」

意外にも父は下戸で、無類のお茶好きだ。ついでに甘い物も大好きだから、お茶とお菓子を食べる時間をとても大切にしている。

母からの助言で、最近の父のお気に入りの茶葉を仕入れておいたのだ。

アウローラの言葉に、父は喜色満面になった。

「おお、嬉しいことだ！　そんな気遣いまでできるようになるとは！　あの『ワガママオレンジ』が、成長したものだ！」

懐かしいあだ名に、アウローラは唇を尖らせてみせた。

それはアウローラの、言い出したら聞かない性格と赤毛をからかったもので、父の好物がオレンジであることから、『皇帝のお気に入り』という意味も込められている。

「まあ！　酷いあだ名、久しぶりに聞きましたわ！」

「おや、そうなのか？　帝国では皆こう呼んでいたのに」

父帝が惚《ぼ》けて言うので、アウローラは「もう！」と父の肩をペシリと叩く。

「お父様ったら！　皆じゃないわ。家族以外では、ゼフュロスだけよ。そもそもあの子が私にそのあだ名をつけたんですもの」

アウローラは自分と乳兄妹である少年を思い浮かべながら言った。

黒髪に浅黒い肌のゼフュロスとは、アウローラの母の教育方針から、本物のきょうだい同然に育った。アウローラが突拍子もないことをしでかす度に、最初にすっ飛んできてくれるのは、いつだってゼフュロスだった。アウローラのお守り係だったと言っていい。

同い年にもかかわらず、彼にはよく叱り飛ばされたものだ。

もちろん身分の差を理解できるくらい大きくなった頃には相応しい態度へと変わったが、

それでもアウローラにとって彼は今でも双子の兄のような存在だ。

アウローラが出した名前に、父帝が赤い眉を上げて「おお、そうだった、そうだった！」と背後を手招きする。

「お前が喜ぶかと思って、連れてきてやったのだ。おおい、ネルウァ！」

アウローラは驚いて、父が手を振る方を振り返った。

ネルウァとは、ゼフュロスのミドルネームで、古い神を意味する名だ。

彼の母親――つまりアウローラの乳母だが、彼女はサムルカ帝国に滅ぼされた国の姫だった。その国の風の神の名をいただいているのだと、いつだったかゼフュロスがこっそりと教えてくれたことがあった。

父の呼びかけに、謁見室の端に控えていた騎士たちの中から、一人の男性がスクッと立ち上がる。

「まあ……！」

アウローラは感嘆の呟きを漏らした。

癖のある漆黒の長い髪に、日に焼けた浅黒い肌。紺色の騎士服に漆黒のマントを身に着けたその男性は、アウローラの記憶の中にある少年と同じ特徴を持っている。

(思い出よりもずっと、大きくなっているけれど……！)

十二歳までの記憶では、ゼフュロスの背はアウローラとほとんど変わらなかったはずだ。

それなのにこちらへやってくる騎士は、遠目から見ても背が高く、メルクリウスと同じくらいはありそうだ。服の上からも逞しいことが見て取れる体躯《たいく》は、自分の幼馴染みとは別人のようだった。

「皇帝陛下」

騎士は皇帝の前に来ると、ザッとその場に跪いて首《こうべ》を垂れる。

皇帝は満足げに頷くと、ゼフュロスを指して王とメルクリウスに紹介した。

「これはゼフュロス・ネルウァ・カティリウス。我が国の左翼師団長だ。アウローラとは乳兄妹になる」

皇帝の言葉に、王が驚いたようにゼフュロスを見た。

「おお、まだ若いのに師団長を？　優秀なのですね」

「ははは！　そうだな。若い者たちの中では群を抜いているのだ」

皇帝と王の誉め言葉に、ゼフュロスは薄い笑みを浮かべて目を伏せる。

「勿体《もったい》ないお言葉です。ご期待に添えるよう尽力してまいります」

卒のない返事をするゼフュロスを眺めながら、アウローラは驚きのあまり無言になってしまった。

（……あの意地悪ばかり言っていたゼフュロスが、こんなに立派な大人の男性になったなんて……！）

ポカンとした表情のアウローラを見て、ゼフュロスがにっこりと微笑みかけてくる。

「お久し振りでございます、皇女殿下」

かしこまった呼び方に、思わず唇を尖らせてしまった。いくら品行方正を装っていても、この幼馴染みがどれほど人を食った性格をしているか、アウローラは知っている。『ワガママオレンジ』などという不敬極まりないあだ名を皇女に付けてしまえるくらいだ。心臓に毛が生えていると言っても過言ではない。

だからついイタズラ心が湧いてきて、アウローラは片方の眉を上げてからかった。

「まあ、皇女殿下ですって！　ゼフュロスったら、私をそんなふうに呼んだことなどないくせに。罰したりしないから、昔と同じように呼んでごらんなさいな」

するとゼフュロスはニヤリと口の端を上げ、コホンと咳払いをしてみせる。

「……では、僭越《せんえつ》ながら。お元気そうでなによりですよ、『ワガママオレンジ』」

不敬なあだ名を強調するようにゆっくりと発音すると、ゼフュロスはアウローラと顔を見合わせて、同時に噴き出した。

「ああ、本当にゼフュロスなのね！　あなたったら、すっかり立派になって！」

「アウローラ様も、すっかり淑女におなりだ」

「まあ、褒めても何も出なくてよ？」

アウローラは跪いたままの幼馴染みの手を取り立ち上がらせる。すると遠目から見た時以上に彼の背の高さが際立って、目を丸くすることになった。

「あなた、ずいぶん背が伸びたのねぇ。昔は同じくらいの目線だったのに！　メルクリウス様と同じくらいはありそう！　ねえ、メルクリウス様！」

隣に立つ夫に声をかけると、一拍の間を置いてから「そうだね」と声が返ってくる。少し違和感を覚えて振り返ったが、いつも通りの余所《よそゆ》行きの笑顔を浮かべるメルクリウスがいた。

「同じくらいか、もしくは彼の方が高いんじゃないかな？」

メルクリウスが和やかに言うと、ゼフュロスが最上級のお辞儀《ボウ・アンド・スクレープ》を取った。メルクリウスは軽く頷いて、手で体勢を戻すように促してから声をかける。

「楽に。妻のきょうだい同然の人ならば、我がきょうだいであるとも言える」

メルクリウスからの声掛けを待って、ゼフュロスはもう一度頭を下げた。

「お心遣い、感謝致します。王太子殿下」

和やかなやり取りなのに、何故か周囲の空気がピリピリと緊張している気がして、アウローラは二人を交互に見る。だがどちらも穏やかな笑みを浮かべていて、やはり気のせいかと思い直した。

ふと視線を感じてそちらを見遣ると、父がニヤニヤと面白がるような表情をしてこちらを見ていた。その隣では、舅であるルドニア王が心配そうな顔をしている。

(……なんだと言うの……)

妙な雰囲気に不安を感じて、アウローラは心の中で眉根を寄せた。

波乱の予感がした。

＊＊＊

メルクリウスは非常に機嫌が悪かった。

だがそれを表面には出さない。王太子は他者を許す立場にあるがゆえに、常に余裕のある態度でなくてはならない。自分の感情に振り回されるなど、もってのほかだ。

だから今も穏やかな微笑みを浮かべて、鍛錬場へと足を向けていた。少し身体を動かせば、気分が晴れるだろうと考えたのだ。ムカムカとした腹立ちが胸の底に燻《くすぶ》っているが、それは他者にぶつけていいものではない。

(強いてぶつけるとすれば……あの男だ)

脳裏に過るのは、黒髪と褐色の肌の軍人——ゼフュロス・ネルウァ・カティリウス。アウローラの乳兄妹だという、いけすかない男だ。

乳兄妹だというから、おそらくアウローラと同じ十八歳だ。自分よりも七つも年下……まだ若造と言っていい年齢であるにもかかわらず、ずいぶんと肝が据わっているようで、異国の王や王太子を前に緊張した様子はまったくなかった。

（それどころか、こちらを挑発してきていたな……）

身内にしか分からない話をして笑い合い、その際にチラリとこちらへ視線を投げてきさえした。

（あれは明らかに、僕を挑発する眼差しだった）

自分がアウローラと気安い仲であることを誇示するような言動と態度である。

舐めてくれたものだ。生意気なその頭を踏みつけてやりたい気持ちはあったが、それを実行するほどメルクリウスはバカでも衝動的でもない。

だが嫉妬深くはある。自分の妻に対する我が物顔を許容するほどマヌケではないのだ。

「……うーん。どうしてあげようかなぁ」

歩きながら呟くと、背後に付き従っていた近衛騎士が「はっ」と勇ましい声で応えた。

「何がでしょう、殿下」

「……帝国からやって来た一団のことだよ。長い旅路でお疲れだろうから、特別なおもてなしをしなくては、と思ってね。我が国に来ていただいたからには、満足して帰っていただかねばならないだろう？」

メルクリウスの言葉に、騎士は感動したように目を輝かせる。

「さすが王太子殿下……！　常に国のことを考えておられるのですね！」

「そんなに褒めてもらうようなことじゃないさ」

メルクリウスは苦笑を漏らした。実際にはゼフュロスをどうやって叩きのめしてやろうかと考えていたのだから、まったく褒められたものではない。

「しかし、帝国はずいぶん大勢でやって来られたのですね。私は先ほど鍛錬所を手伝ってきたのですが、帝国の騎士だけで一旅団ほどになる人数でしたよ」

やや呆れた口調で言う従者に、メルクリウスは眉を下げた。

「まあ、皇帝陛下をお守りするのだから。その程度は必要なのだろうね」

今回のルドニア王国訪問で、皇帝は数百名にものぼる騎士軍団を連れてきた。もちろん武装しているので、ほとんど軍隊だ。帝国が攻め込んできたと勘違いしてもおかしくない物々しさに、顔色を紙のようにしていたルドニア王国の重鎮たちの顔を思い出して、メルクリウスは口の端を歪める。

アウローラを妃に迎えて五年経つのに、未だに帝国へ嫌悪を抱く貴族は一定数いる。歴史だけは長いこの国が、新興国である帝国よりも上であると思っていたいのだろう。

（おめでたい思考回路だ）

国の立場の上下は国力によるのだ。すなわちその国が持つ民、政治、経済であり、軍事力、科学技術、文化、そして情報によるということだ。歴史が長いこの国は、確かに文化は成熟していても、それだけだ。それ以外の全てが帝国より劣っているというのに、どうして上であるなどと思えるのか。

（頭が悪すぎて、話にならない）

今回の皇帝訪問の際、その頭の悪い連中が帝国へ失礼な真似をしでかさないか、多少憂慮していたのだが、皇帝が引き連れてきた軍隊を見た後では、そんな気力は潰《つい》えただろう。

これはこれで良かった、と思うものの、確かに軍隊の数が多すぎる気もしないでもない。

（帝国の軍事力の誇示だとしても、ここまでの規模が必要か……？　あの舅殿なら、もう少し効率の良い方法を採りそうなものだが……）

人数が多くなればなるほど渡航費がかかるのは当然だ。しかも武装しているので武器などの輸送費もかかることを考えると、出費が嵩《かさ》みすぎる。軍事力を誇示したいのであれば、少数精鋭部隊に最先端の武器などを持たせておく方がインパクトがあるし、出費も抑えられるだろうに。

（……最近帝国が、新しい銃を開発したという情報が入って来ていたのにな）

銃弾を何度も装塡《そうてん》し引鉄《ひきがね》を引かなければならないこれまでのものとは違い、連射できるようになった画期的な銃であるらしい。

あの皇帝なら自慢しそうなものを、とメルクリウスは首を捻った。

（まあ、何か企んでいてもおかしくないけどね）

やれやれと思いつつ、アウローラの母からの手紙を思い出していた。

皇帝がこの国に到着する前に届いたその手紙には、皇帝の同行者に気をつけるようにと書かれてあった。

『強大になったとはいえ、帝国も一枚岩ではありませんので……。』

その一言には、多くが含蓄されている。

大陸のほとんどを制圧したサムルカ帝国は、国々を取り込んで巨大化した。つまり帝国に侵略された国々が、帝国の内部にいるということだ。

皇帝を憎む者、そして政略結婚というかたちで帝国の侵略を免れた唯一の国である、このルドニア王国への敵意もあって当然だろう。

(つまり、皇帝の敵、あるいはルドニア王国の敵が、あの中に交じっている可能性があるってことだよねぇ……)

皇帝の妻が把握している事実を、皇帝が知らないわけがない。敵が潜んでいると分かっているにもかかわらず、大胆にも他国訪問の旅に出かけているというわけだ。

(……本当に、豪胆なことだ)

そうでなければ、大陸を制覇するなどという偉業を成し遂げられないのかもしれないが。

大陸とは運河を挟んで離れている島国に育ったせいか、メルクリウスには他国を侵略したいという願望はない。他国を侵略するということは、軍事力を強化し他国を攻め、その後の面倒な後始末をしなくてはならない。その時間と労力、そして金を考えると、交渉で相手国に要求を呑ませる方がよほど楽だと思ってしまう。

（まあ、攻め込まれる脅威が大陸の国々よりは圧倒的に少ないから、言えることなのだろうけどね）

そんなことをつらつらと考えている内に、鍛錬場へ到着した。

「これはこれは……真っ黒だなぁ」

その光景を目にして、メルクリウスは思ったままに感想を述べる。

鍛錬場は、王宮を守る王宮騎士や王族の近衛騎士といった、王直属の騎士団が普段の鍛錬に使用する場なのだが、今そこは帝国の黒い軍服の男達で埋め尽くされていた。

「我が国の騎士の衣装が白っぽいから、余計に対比が際立つねぇ」

ルドニア王国の騎士たちは、黒い軍人たちの中、まばらにぽつぽつと存在している。なんとなく心許なく見えるのは、気のせいであってもらいたいところだ。

（それにしても、改めて目の当たりにするとすごい数だな……）

ここにいるだけで、百……いや、二百はいるだろうか。皇帝が連れてきた数はこの五倍はいたから、王城内だけでは対処できず、城下町の民間の宿舎を利用している。旅団ほどの異国の武装兵が国の首都にいる現実を考えると、さすがのメルクリウスでも背筋が凍る心地になる。

皇帝の機嫌を損ねれば、合図一つでこの国を亡《ほろ》ぼせる状況というわけだ。

重鎮どもが蒼褪めるのも無理はない。なかなかに緊迫した事態であることは確かだ。

「ふふ、楽しくなってきたなぁ」

メルクリウスは呟いた。この綱渡りのような状況の中、恐れを感じないわけではない。失敗した時のことを思えば、胃の底が抜けるような恐怖を覚える。だが同時に、震えるような興奮が胸の底に湧いてくるのを、メルクリウスは感じていた。

(さすが、舅殿とのゲーム。こうでなければ)

どうせ綱渡りをするのだから、楽しまなければ損というもの。

ビリビリとした興奮を全身に感じつつ、メルクリウスは鍛錬場をぐるりと見回した。

すると黒い集団の中に見知った顔を見つけ、そちらへと足を向ける。

大柄な軍人たちの中にあって誰よりも若そうなその青年は、周囲にキビキビと指示を出しているところだった。

「やあ、ネルウァ師団長」

声をかけると、他の騎士と話していたゼフュロスが驚いたようにこちらを見る。

「これはこれは！　王太子殿下！」

ネルウァの台詞で、ようやく訪問国の王太子が傍にいることに気づいた帝国の軍人たちが慌てて膝を折ろうとしたので、メルクリウスは片手でそれを制した。

「ああ、どうかそのままで。お忙しいのに邪魔して申し訳ない。何か足りない物がないかお訊ねしようと思いましてね」

王族らしく鷹揚《おうよう》な言葉をかけると、帝国の男たちは一様に頭を下げる。皆表情を表に出さない様子はいかにも軍人らしい。

(さすが帝国軍、といったところか)

軍隊は統制が取れているほど強いのは当然だ。彼らの無駄な動きのなさや、感情の起伏のなさを見るだけで、その強さが窺《うかが》い知《し》れた。

「足りない物など！　ありがたいことに、我々軍人にも素晴らしいおもてなしをしていただいて……ルドニア王国の皆様には、感謝しかありません」

ありがとうございます、とにこやかな笑みを浮かべて礼を言う男を、メルクリウスは同じような微笑みを返しながら見つめる。

(面白いくらいに胡散臭《うさんくさ》い男だ)

手本のような返答に、穏やかな笑み——軍人らしからぬ洗練された言動は、一見文官に見えるほどだ。

(だが帝国の軍人たちを統べているのは、この男だと雰囲気で分かる)

他の騎士たちがゼフュロスへ向ける目には、信頼と敬意がある。相手を上官として尊敬し信頼していなければ、このような目はできないものだ。

皇帝が一目置く実力者というのは、嘘ではなさそうだ。

「いえ、愛するアウローラの父上をお守りしてくださる方々です。礼を尽くすのは当然ですから」

メルクリウスの台詞に、一瞬だけゼフュロスの瞳がギラリと底光りする。だがそれはほんの刹那で、鋭い眼差しはすぐに食えない笑みに取って代わった。

「さすが、温厚篤実と知られるルドニア王国の王太子殿下だ。アウローラ皇女《ひめ》様も、お優しいご夫君を得られて大変お幸せなことです。我が国の皇女《ひめ》を大切にしてくださって、一国民として感謝申し上げます」

「ははは。礼には及びません」

建前だけの会話に鼻白みながら、メルクリウスは笑顔に見せかけて目を眇める。

(僕を噛《か》み殺《ころ》したいと言わんばかりの目だったな)

アウローラの名前を出した途端の、あの目つきだ。アウローラの乳兄弟だというこの男が、彼女になんらかの感情を抱いているのは確かなようだ。

(気に食わないな)

メルクリウスは冷えた思考で目の前の男に大きくバツ印をつける。自分以外の男がアウローラに特別な感情を抱くということが、非常に不愉快だった。

だがそれだけではない。胡散臭いとは先ほども使った表現だが、ただ胡散臭いだけではない。何か、臭うのだ。

（……少し揺さぶってやりたいが……）

臭う、というのは言ってしまえば単なる勘だ。何かを企んでいそうだ、という程度の大雑把《おおざっぱ》なものでは、揺さぶりをかけようにも方法を選択できない。

ならば、とメルクリウスは邪気のない笑顔を浮かべ、ポンと手を叩いて言った。

「……ああ、そういえば、僕はここへ少々汗を流しに来たのですが、宜《よろ》しければお手合わせ願えませんか？」

メルクリウスの提案に、周囲がザワッとどよめいた。帝国軍らは驚きとせせら笑い、王国の騎士たちは焦りからのようだ。

（だろうなぁ）

メルクリウスも納得の反応だ。なにしろ相手は大陸最強の軍事力を誇る帝国軍の師団長である。軍人でもない小国の王子が叶う相手ではないと思っているのだろう。

とはいえ、メルクリウスが弱いわけではない。それどころか剣技にかけてはおそらくこの国の騎士団長と同格程度の強さであることは、この国の騎士であるならば皆知っていることだ。ルドニア王国の騎士たちが焦っているのは、メルクリウスが弱いからではなく、強いが故に手合わせが過熱して、どちらかが重傷を負う可能性があるからだろう。

（国際問題になりかねないからなぁ）

メルクリウスを止めなかったことで、騎士たちが罰せられないようにしてやらなければ、とのんびりと思いつつ、それでも無謀なこの提案をしたのは、このゼフュロスという男の本性を少しでも暴きたいと思ったからだ。

戦いは本能を剝《む》き出しにさせるにはおあつらえ向きの場である。ゼフュロスにしてみても、気に食わないメルクリウスを叩きのめせる絶好の機会だ。

敵を倒したいという本能を優先するか、帝国の師団長としての立場を優先するか。

（さあ、お前はどうする？）

半ば挑発するような気持ちで返答を待っていると、ゼフュロスが剣を手にニヤリと口の端を吊り上げた。

「構いませんが、私は未熟者でしてね……。手加減というものを一切できないのですよ。それでもよろしいか？」

――どうやら、前者だったようだ。

メルクリウスは全身が高揚感に沸き立つのを感じながら、艶やかな笑みを浮かべて頷いた。

「もちろんですよ。実に、楽しみだ」

ワッと周囲から歓声が沸いた。

＊＊＊

女官が慌てたように飛び込んできた時、アウローラはちょうど父に宛がわれた客室で、父の好きな黒茶を淹れているところだった。

「おや、どうした」

旅装をすっかり解き、長椅子にゆったりと寝そべっていた父が、突然の来訪者に太い眉を上げげた。

皇帝の声に、アウローラの周囲に侍っていた他の女官たちがザッと蒼褪める。冷酷と評判の皇帝サムルカを怒らせれば、大変なことになると思ったのだろう。

「なんてことを、騒々しい……！」

小声で女官を嗜《たしな》めているのはアウローラ付きの女官長だ。

「申し訳ございません！　私の教育が至っておらず……！」

真っ青な顔で平伏しようとする女官長を、アウローラは苦笑しながら「いいのよ」と軽く手を振ってやる。

「お父様はそれほど怖くないから、大丈夫よ。この程度で怒ったりなさらないわ。そんなに怯えなくてもいいの」

「なんだ。儂《わし》が怖くて青い顔をしておったのか」

アウローラの台詞に、父がカラカラと笑う。それにホッとしたのか、女官たちがわずかに肩の力を抜くのが分かった。

「急いで知らせないといけないと思ったのでしょうよ。……それで、何かあったの？」

父に芳しい黒茶の入ったカップを手渡しながら訊ねると、飛び込んできた女官はオロオロとしつつも、頭を下げて報告した。

「お、恐れながら申し上げます。王太子殿下と、帝国の師団長様が鍛錬場にて決闘を……！」

「おっと。危ないぞ、アウローラ」

思わず手を離してしまい、ガシャンと音を立てた茶器を危なげなく受け取った父がのんびりとした声を出した。

だがアウローラは茶器どころじゃない。

「け、け、決闘ですって？　メ、メルクリウス様が？　誰と？」

あまりに突拍子もない報告に狼狽えてしまっていると、父が黒茶を啜りながら答えた。

「師団長と言っていたから、ネルウァだろう。聞いていなかったのか？」

「ゼ、ゼフュロスと？　何故そんなことに？」

すっかり狼狽し切っているアウローラとは裏腹に、父は呆れたように肩を竦める。

「何故って、お前も罪な女よのぅ」

「つ、罪？」

謂《いわ》れのないことを言われて、アウローラは目を白黒させた。そんな娘にため息をついて、もう一口黒茶を啜ってから、皇帝はやれやれと説明をしてくれた。

「ネルウァは元々お前の婚約者だっただろう。長年お前を妻にするつもりで頑張っていたのを、あと数年というところで他国の王子にかっ攫《さら》われたのだから、婿殿と一戦交えたいと思うのは当然だろう」

これにアウローラはまたもや仰天してしまう。

「ええっ？　ゼフュロスと私が？　それはお父様の単なる冗談ではなかったのですか？」

確かに昔、そういう話が出たことがあったのは覚えている。例によってアウローラが何かしでかした後、その後始末をゼフュロスと一緒にやっていた所へ父がやって来て言ったのだ。

『ワガママオレンジに付き合ってやれる猛者《もさ》は、お前くらいよなぁ、ネルウァ。どうだ、この子の婿になってやってくれんか』

それにゼフュロスがなんと答えたのかは覚えていない。自分へのからかいだと思ったアウローラが、父に腹を立てて猛烈に抗議していたからだ。

「皇帝が冗談で娘の婿取りの話題を口にするわけがなかろう」

「で、でも、それは私がまだ六つの時の話だったでしょう？」

「王族の結婚が早くから決定するのはよくあることだ」

「そ、それはそうだけれど……」

まさか本当にゼフュロスが自分の婚約者だったとは。知らなかった事実に、アウローラは妙な汗が湧いてきた。

だが確かにあの父の発言辺りから、ゼフュロスの扱いが少々変わり始めたような気がする。それはまでは単なる皇族の乳兄弟という扱いだったのが、彼にも敬意を払われるようになったのだ。

（それはゼフュロスが貴族の嗣子だからだとばかり……！）

貴族の嗣子はある程度の年齢になると、子ども扱いから一気に大人の貴族として扱われるようになる。ゼフュロスの場合もそれだと思っていたのだ。

「わ、私、自分に婚約者がいたなんて、今の今まで知らなかったわ……！」

アウローラが呆然として呟くと、父がふうとため息をつく。

「お前にそのことを言うなと、ケレースに止められたからな」

「お母様に？」

「人から強要された結婚に、ワガママオレンジが素直に従うわけがない、とな」

「お、お母様……」

さすが母、娘の性格をよく理解している。

「とはいえ、ある程度大人になればお前も皇族の結婚がいかなるものなのかを理解するようになるだろうから、頃合いを見て話そうと、ネルウァとの婚約は進めておったのだ。そろそろ話す頃合いか、という時になって、お前が異国の王子に一目惚れなんぞしたばっかりに、ネルウァは皇族の婿になる機会を逸したというわけだ」

父は一息に言い終えると、残った黒茶を一気に呷《あお》った。そしてカチリと小さな音を立てて茶器を置き、琥珀色の瞳を愉快そうに煌めかせながらアウローラを見て笑う。

「ネルウァが婿殿に一戦交えたいと思うのも、致し方あるまい。そうではないか？　なぁ、儂の可愛いワガママオレンジよ」

ヒヤリ、と部屋の空気が冷えた気がした。父の醸し出す冷酷な支配者の迫力に、皆が気圧されて息を呑んでいるのが分かった。

アウローラもまた、ゴクリと唾を呑み込む。

今になってようやく、父がこの国に来たのは、何か良からぬ目論見《もくろみ》があってのことだと思い至った。サムルカ帝国の皇帝がただ娘の顔を見るためだけに、他国へ来るなんてことがあるわけがないのだ。

「……何を企んでいるのですか、お父様」

低い声で訊ねたアウローラに、父帝は喉でクッと笑い声を噛み殺す。

「なぁに。婿殿と、楽しいゲームさ」

それを聞いた瞬間、アウローラは席を立って駆け出していた。

「妃殿下！」

急に客室を出て行ったアウローラの後を、女官たちが泡を食って追いかけてくる。だが彼女たちに構っている余裕などない。

(あのお父様のやることだもの！)

元々アウローラの結婚を──というより、メルクリウスのことを認めているわけではないことは、なんとなく分かっていた。

(私の結婚を許したのは、私が言い出したら聞かないからで、そうじゃなければお父様は……ゼフュロスと結婚することを望んでいたということ)

ならば今回、ゼフュロスを使ってメルクリウスを亡き者にすることくらい、あの父ならやってしまうだろう。メルクリウスを殺してルドニア国王が立腹したとしても、処罰前にこの国を制圧すれば問題ない。

(お誂《あつら》え向《む》きに今、この城内にはお父様が引き連れてきた帝国軍が大勢いる……！)

無敵の帝国軍をよりによって城内に引き入れてしまっている状態では、ルドニア王国に勝ち目など皆無に等しい。

(なんてこと……！)

どうしてもっと早くにその可能性に気が付かなかったのか。もし気が付いていれば、父の訪問などなんとしてでも阻止しただろうに。

（全て私の浅慮さが……そして甘えが原因だわ！）

父だから、娘だから——そんな生温《なまぬる》い理由で現実を見誤るなんて、仮にも国政者の片翼となろうとする者が、情けないとしか言いようがない。

胸の裡で自分の愚かさを叱り飛ばしながら、アウローラは鍛錬場へ向けて懸命に走った。

（メルクリウス様、どうかご無事で！）

辿り着いた鍛錬場は、騒然としていた。

黒い軍人や白い騎士たちがごった返し、野次《やじ》や歓声を上げている。どうやら人だかりの中心で何か行っているようだが、人垣で何も見えない。

（きっとメルクリウス様はあそこだわ……！）

メルクリウスとゼフュロスが決闘を行っていると言っていたから、間違いない。

「ねえ、ちょっと……お願い、通してちょうだい」

アウローラはなんとか中へ入ろうと声をかけたが、誰も見向きもしない。

やがてアウローラを追いかけてきた女官たちが、アウローラ同様に「すみません」「あの」と懸命に声をかけてくれるが、男達は一切聞こうとしなかった。

（……この緊急事態にっ……！）

一刻を争うというのに、と思うと苛立ちを抑えられず、アウローラはついに腹に力を込めて叫んだ。

「そこを退《ど》かぬか、この痴《し》れ者《もの》どもが！」

自分でも驚くほど、遠くまで響くような張りのある太い声が出た。これほど大声で叫んだのは初めてかもしれない。女官たちも、アウローラがこんな声を出すのを初めて聞いたのか、ポカンとした顔をしてこちらを見ている。

母が本気で怒った時の傲然とした口調を真似たのだが、これが功を奏したらしい。渾身《こんしん》の叫びはそれなりに迫力があったようで、それまで振り返りもしなかった男達が、ビクリと身体を震わせてこちらを見た。そして白い騎士服のルドニア王国の騎士たちはもちろん、黒い軍服の帝国軍人たちも、アウローラの容姿を見て誰だか気づいたらしい。父帝にそっくりなこの顔と髪の色は、存外役に立つものである。

「こ、これは、王太子妃殿下……！」

「アウローラ様！」

「皇女様！」

口々に叫ぶと、慌てたように膝を折っていく。だが今アウローラは跪いてほしいわけではない。

「そこを退きなさい。私を通すのよ！」

早口に命じると、男達はアウローラの意図を察したのか、サッと動いて中央への道を開いていく。その先にメルクリウスがいるのだと思うといても立ってもいられず、アウローラは逸る心のままに駆け出した。

（メルクリウス様……！）

走っていく内に、中央の様子が見え始める。そこには案の定、男二人が剣を激しく打ち合っていた。黒髪の男はゼフュロスで、金の髪の男がメルクリウスだ。激しい剣戟《けんげき》の音で鼓膜が痛いほどだった。

「メルクリウス様！」

アウローラは蒼褪め、小さく叫びながら夫に駆け寄ろうとした。

しかしそれを阻む者があった。手首を握られて引き留められる。犯人はメルクリウスの従者だった。

「あなた、何をやっているの！　何故殿下を止めないの？」

思わず口をついて出たのは叱責だ。王太子の従者ともあろう者が、何故こんな決闘をやめさせようとしなかったのか。後から考えれば八つ当たりもいいところだと思うのだが、この時のアウローラはひたすらメルクリウスが心配で、そこにまで考えが至らなかった。

だが従者は嫌な顔をすることなく、ただアウローラを落ち着かせるように柔らかい口調で言った。

「メルクリウス殿下なら大丈夫です」

「何が大丈夫なの！　相手は帝国の軍人なのよ！　メルクリウス様に何かあったら……！」

適当なことを言ってごまかすな、と半泣きになりながら目を吊り上げたアウローラに、従者は「そうじゃない」と静かに首を横に振る。

「大丈夫です。あなたのご夫君は、弱くはない」

その顔は笑みすら浮かんでいて、主が危機だというのに、どうにも泰然としすぎていた。

冷静な従者の様子に、アウローラは熱くなっていた思考がスウッと冷やされるのを感じた。

アウローラが少し落ち着きを取り戻したと分かったのか、従者は指をさして言った。

「ご覧ください。殿下はとてもお強い。帝国の師団長にも、決して引けを取りません」

従者の声に、アウローラは改めて戦う男達へと目を向ける。

（……あ……）

メルクリウスは確かに弱くなかった。それどころか、とても強い。

ゼフュロスの剣技が卓越しているのは、その身の熟《こな》しの優雅さで一目瞭然だ。最小限の動きで相手の攻撃を避ける傍ら、攻撃の隙を見逃さない。さすが、師団長を任されるだけあって、かなりの剣の使い手なのだろう。

だがメルクリウスも負けていなかった。ゼフュロスほど洗練された動きではないものの、その鋭い剣先を迷いなく躱《かわ》している。おそらく目が良いのだろう。相手の動きを目視できている証拠だ。そして躱すだけでなく、攻撃も素早く、力強い。

「メルクリウス様は……ゼフュロスよりも細身に見えるのに……」

思わずそんな感想を漏らせば、従者がフッと笑った。その笑いがとても自慢げだ。

「殿下の身体は人一倍柔軟なのです。その上筋肉がしなやかでバネが強い。まるで俊敏な肉食獣ですよ。思いがけない動きが多いので、相手は非常に攻めにくい。その上体力もおありだから、体格差がある場合でも相手を疲れさせることで勝機を得るのがお得意の戦法です。……ですが、今回はあちらも体力がありそうだから、長引きそうですね」

訳知り顔で解説してくれる従者は、どうやらメルクリウスが勝つと踏んでいるようだ。

アウローラは目にもとまらぬ速さで剣を打ち合う二人を眺めながら、驚きと同時に妙な興奮を覚えて戸惑った。

（わ、私ったら、こんな時にときめいてしまうなんて……！）

なんて不謹慎な、と思うものの、鋭い目をして戦う夫の姿に見入ってしまう。

想定外にメルクリウスが強いことも嬉しい驚きだったが、なによりも剣を振るう彼がとても美しく見えたのだ。従者が『俊敏な肉食獣』と表現した通り、敵を前に戦闘本能を剝き出しにして戦うその姿は、しなやかに跳躍する豹《ひょう》を彷彿《ほうふつ》とさせる。

ゼフュロスがメルクリウスの実力をいかんなく発揮できる技術を持っているからなのか、二人の戦いぶりはまるで一対の剣舞を見ているかのようだ。

（なんだかまるで……金と黒の獣が戯れているかのように、見えてしまうわ……）

流麗で、躍動的で、圧倒的な熱量のこもった美だった。

（なんて、美しい人なのかしら……）

アウローラは半ば恍惚と夫を見つめた。

これまでも彼を美しいと感じたことはあったが、これはまた新たな美しさだ。

その美しい剣舞は、メルクリウスの剣の柄による一撃を手首に受けたゼフュロスが、自分の剣を落としてしまったことで終わりを迎えた。

「――参りました」

荒い呼吸音と共に、剣を失ったゼフュロスが両手を上げてそう言った。

二人の戦いを見物していた周囲が、いつの間にか水を打ったように静かになっている。

メルクリウスの剣先は、ゼフュロスの首元にピタリと突きつけられていた。彼もまた肩で息をしつつ、空色の瞳を鋭くさせたままゼフュロスを見据えている。

メルクリウスが微動だにしないため、ゼフュロスの降参宣言が聞こえていないのだろうかと周囲がざわめき始めた時、スッと剣が引かれた。

その瞬間、ワッと歓声が沸いて白い騎士たちがメルクリウスに向かって突進していく。

「メルクリウス殿下、万歳！」

「殿下！　素晴らしいです！」

「最高です！」

口々に賞賛の言葉を述べる騎士たちに笑顔を見せながらも、メルクリウスの表情にいつもの晴れやかさがないことに、アウローラは気づいた。

（……メルクリウス様……？）

奇妙に感じていると、メルクリウスの視線がアウローラを捉えたのが分かった。彼に手を振ろうとしたアウローラは、その瞬間、メルクリウスが顔を強張らせるのを見た。

（――えっ……）

彼のそんな表情を見たのは初めてだった。

アウローラは驚いて振ろうとした手を下げたが、メルクリウスがいつもの穏やかな笑顔を浮かべてこちらに駆け寄ってきたので、目を瞬くことになった。今のは見間違いだったのだろうか。

「アウローラ！　来ていたのか！」

「え、ええ！　つい先ほど！　素晴らしい戦いぶりでしたわ！」

アウローラの賞賛に、メルクリウスはちょっと困った笑顔になる。

「はは、情けない姿を見られたな」

「え、そんな！　とっても格好良かったですわ！」

「そうかな」

「もちろんです！　惚れ直してしまいましたもの！」

何故そんなことを言うのか分からず、つい本音を盛大にぶちまけると、周囲から口笛が上がった。

（し、しまったわ！　公《おおやけ》の場なのに！）

人前で惚気てしまったことに顔を真っ赤にしていると、ゼフュロスが歩み寄ってきて言った。

「良い手合わせをありがとうございました、殿下。さすが、お強くていらっしゃる」

敵《かな》いませんでしたよ、と微笑みながら手を差し出すゼフュロスに、メルクリウスは微苦笑を浮かべてみせる。

「とんでもない。僕の方こそ、素晴らしい手合わせをありがとう。あなたの強さは別格だ。とてもためになったよ」

がしりと握手を交わす男二人に、周囲から拍手が沸き起こった。

良い手合わせをした二人が、互いを認め合い握手をする――そんな感動的な場面のはずなのに、アウローラの目には二人が未だ睨み合っているように見えた。

（だって、二人とも、目が笑っていないもの……）

初対面のはずの二人が、と思ったものの、脳裏に浮かんだのは先ほど父から聞かされた話だ。

(ゼフュロスが、私の婚約者だった……)

当人であるはずの自分がその事実を知らなかったということに、文句を言いたい気持ちがないわけではない。だが過去のことをどうこう言っても、今の現実が変わらないのだから、受け入れて前に進むしかない。

(もしゼフュロスが、私と結婚したいと思っていたのだったら、確かにメルクリウス様を逆恨みしていてもおかしくない話だわ)

だがそれは、文字通り『逆恨み』でしかない。メルクリウスとアウローラの結婚は、アウローラが彼に一目惚れしたことが理由で成立してしまったものだ。メルクリウスにしてみても、当時ミネルヴァという申し分のない婚約者がいたわけで、帝国の圧力の前に打診された政略結婚を受け入れるしかなかったのだから。

(メルクリウス様には、何の非もないのよ！　文句を言うなら私に！)

まずはゼフュロスと話をしなければ、とアウローラは一歩前に踏み出すと、ゼフュロスに向かって言った。

「ネルウァ師団長。素晴らしい戦いでした」

「もったいないお言葉です」

にこやかに頭を下げるゼフュロスに、アウローラはメルクリウスの腕を取りながら頷く。

「メルクリウス様とあなたの素晴らしい戦いのこと、早速お父様にも申し上げなくては。きっとお喜びになるわ。もしかしたら、あなたに褒美をくださるかも。身を整えたら、お父様の御前へいらっしゃい」

「──はっ」

「では、後ほどね」

アウローラは手短に話を切り上げると、メルクリウスを促して鍛錬所を出る。

仲睦まじく寄り添い合って歩くと、後ろから従者や女官が距離を空けて付いてくる気配がした。ちらりと背後を見遣って、彼らとの間に十分に距離があるのを確認すると、何気ないふりで、メルクリウスにだけ聞こえる声でそっと囁いた。

「……ゼフュロスにはあまり近づかないでください。父と何か共謀しているやもしれません」

唐突なアウローラの忠告に、メルクリウスはごく薄く笑みを浮かべただけだった。

驚かないところを見ると、とっくに分かっていたらしい。そのくせにゼフュロスとの手合わせをしたのだと思うと、なんて危険なことを、と叱りつけたくなる。だがその気持ちを押し殺し、アウローラは小声のまま状況の説明をしていく。

「ゼフュロスはメルクリウス様を逆恨みしている可能性が」

「逆恨み？」

「ええ。私も知らなかったのですが、彼は私の正式な婚約者だったようなのです。私の性格を鑑みた母が、私にはその事実を伝えない方が上手くいくと判断したそうで……」

そこでメルクリウスが小さく噴き出した。

「お母上は賢明だなぁ」

「もう！　どういう意味ですか！」

「ふふ、小さな君も可愛かったんだろうなってこと。……脱線したな、続けて」

二人で話していると、つい甘い雰囲気になってしまうのは、本当の夫婦になったせいなのか。アウローラはコホンと咳払いをした後、また真面目な顔つきになって説明を続ける。

「つまり、私がメルクリウス様と結婚してしまったせいで、ゼフュロスは皇族の婿になり損ねたというわけです」

「ははぁ、なるほどね。それで、逆恨み、か……。さてさて、ふむ……」

メルクリウスは顎に手を当ててどこか遠くへと視線を投げた。何か思案している様子に、アウローラは首を傾げる。

「何か、思う所がおありなのですか？」

「うーん。……いや、言葉にはし難い、勘のようなものだから」

メルクリウスは曖昧な言葉を言った後、そのまま考え込んでしまった。アウローラは緩やかになった彼の歩調と合わせながら、辛抱強く次の言葉を待つ。せっかちすぎるきらいがあることを自覚しているからだ。

だが沈黙がおりたのは束の間で、メルクリウスが何か思い至ったようにこちらを見た。

「アウローラ。今回皇帝陛下に随伴された兵士たちなんだが」

「え、はい」

急に話が変わって戸惑いながら、慌てて頭の中を切り替える。そう言えば、父が連れてきた帝国兵たちの多くが、先ほどの鍛錬所に集まっていた。

（彼らがどうかしたのかしら）

「あの兵士たち、肌の色が浅黒い者が多かったように思うんだが……」

「ああ、確かにそうでしたね」

このルドニア王国は島国のせいか、白色人種がほとんどで、有色人種を見かけることはあまりない。だが大陸にあって、その上多くの国々を侵略・吸収してきた帝国では、肌の色も髪の色も目の色も、様々な人々が入り交じって暮らしている。だから特に気にしなかったのだが、見慣れないメルクリウスには珍しく感じたのかもしれない。

「褐色の肌の民は、ちょうどゼフュロスの母の母国であるザハード出身の者でしょう。私が生まれる前に帝国に吸収された国なので、もうザハードは一つの都市の名となってしまいましたが……。ゼフュロスの師団には同じ出身の者が多いのかもしれません。もちろん、それ以外の軍人も付けられているようですが……」

　軍隊は同郷の者が多いほど纏まりやすいと聞いたことがあるからそう付け足すと、メルクリウスの目の色が変わった。

「なるほど！」

「えっと、それがどうかされたのですか？」

「いや、良い情報だった。ありがとう、アウローラ」

「え、いいえ。お役に立てたなら良かったです……」

　何がどう良い情報だったのかはさっぱり分からなかったが、メルクリウスにとっては重要な内容だったようだ。

「ごめん、アウローラ。少し用事を思い出した」

　と早口で謝ると、従者を伴ってどこかへ行ってしまう。

　その後ろ姿を見送りながら、アウローラはやや呆然としつつ呟いた。

「……メルクリウス様、湯浴《ゆあ》みをしなくて良かったのかしら……」

　ゼフュロスとの対戦で汗だくになっていたから、てっきり身なりを整えるために自室へ向かっているのだとばかり思っていたのだが。

　ともあれメルクリウスも、父帝が何かを企んでいるという今の状況を理解できているようだった。

（……だから、ちゃんと御身を守ってくださるはず……よね？）

安心したいところなのだが、先ほど状況を把握していながらゼフュロスと手合わせをしていたから、安心していいものか判断に迷ってしまう。

とはいえ、この国の王太子として生きることに誇りを抱いている人だ。自分の身を疎《おろそ》かにするような真似はしないはず。

（ならば、私は私にできることをしなくては）

アウローラは深く息を吐くと、顔を上げて歩き出した。

＊＊＊

アウローラと別れたメルクリウスが向かった先は、王城内に立つ離宮だった。

ここは臣籍降下してケント公爵となる前までマルスが使っていた離宮だ。父王は異母弟へ篤《あつ》く信頼を寄せていて、執政においても度々助言を求めるため、彼が登城した際に自由に使えるようにと常に整えられているのだ。

メルクリウスの来訪に、マルスはあからさまに嫌そうな顰《しか》め面《つら》で出迎えた。

「何をしに来た、腹黒小僧」

「やだなぁ、叔父上。腹黒だなんて。僕ほど実直な人間はいないのに」

「実直の意味を取り違えているようだな。辞書を引いて調べ直してこい」

「あ、そうですか？　じゃあちょっと辞書お借りしますね」

叔父のイヤミを飄々と受け流すと、メルクリウスは手を払って背後に控えていた従者に退出を促す。従者は黙ったまま頷くと、頭を下げてからマルスの執務室を出て行った。

それを見たマルスが眉を上げる。

「――サムルカが何かしたのか」

人目のない所とはいえ、帝国の皇帝を敬称なしで呼び捨てるのはこの叔父くらいだろう。相変わらず豪胆なマルスに苦笑いを滲ませながら、メルクリウスは首肯した。

「ご明察。さすがは叔父上」

甥の誉め言葉を、マルスは嘲笑で一蹴する。

「冷徹と評判の国賓様がお連れになったあの大袈裟な軍隊を見て、何もないと考える方が不自然だ」

「話が早くてなによりですよ」

心の中で安堵すら覚えながら、メルクリウスは両手を掲げてみせた。マルスの頭の回転の速さは舌を巻くものがある。とにかく不愛想で政治家には向かないが、裏で指揮を執る参謀役には最適な人物なのだ。いかんせん本人にやる気がないのが残念である。

メルクリウスは上げた手を下ろし、声を潜めた。

「調べていただきたいことが」

「……陛下のお耳に入れない方がいいことなのか」

マルスが困惑の表情になる。

(本当にこの人は理解が早い)

メルクリウスは微笑んだ。一を言えば十を察する叔父に頼もしさすら感じてしまう。

自分で調べてもいいのだが、メルクリウスが動かせるのは王直轄の者たちだ。当然父王の知るところとなる。それをしないためにこうしてわざわざマルスに頼みにきているわけだ。

「陛下に申し上げる段階ではない、という感じですかね」

メルクリウスの予想が正しければ、むろんこの国の王たる父の出番ではあるが、予想が外れたならば大事にするのは面倒が大きい。

「なるほど……」

「この王都付近の港や海岸線から、武装集団──或いは武器を隠した密入国者がいないか調べてもらいたいのです」

「──ではやはり、サムルカはこの国を乗っ取るつもりなのか」

美しい緑色の瞳を眇めるマルスに、メルクリウスは一拍の間を置いて答える。

「……する側なのか、される側なのか」

「どういう意味だ?」

「……まだ確証はありません。だが、気にかかる点がいくつかありまして……」

「ほう」

メルクリウスの言葉に、マルスの目が愉快そうに光った。その表情に自分と同じ血を感じて、なんとも奇妙な心持ちになってしまう。自分もマルスも、目の前に困難をぶら下げられると俄然意欲が湧いてしまうタイプなのだ。

「話せ。洗《あら》い浚《ざら》いな」

「そんな、僕が犯人みたいな扱いはやめてくださいよ」

「お前の場合、悪巧みも謎解きも似たようなものだろう」

「全然違うでしょう、それ」

「やかましい。憶測で構わん。さっさと白状しろ」

急《せ》かすマルスに、メルクリウスはやれやれといったように肩を上げたが、内心では胸を撫でおろしていた。

(――これで最強の助《すけ》っ人《と》を確保できた)

百人力、というやつだ。布陣完了。あとは動くのみである。

(見てろ、クソジジイ)

赤髭の舅の食えない笑みを思い浮かべながら、メルクリウスは頭の中でその腹の立つ顔に向かって舌を出した。

（このゲーム、勝つのは僕だ）

そして最愛の妻を、真実、この手にしてみせる。

＊＊＊

父に宛がわれた客室へ向かう途中、回廊の向こうから歩いてくる黒衣の姿を見つけて、アウローラは目を眇めた。帝国の軍服を着ているのは分かるが、どこかで見た顔だ。向こうもこちらに気づいたようで、足早に近づいてくると、親しげな笑みを浮かべて頭《こうべ》を垂れた。

「皇女様、お久し振りでございます」

懐かしい顔に、アウローラは感嘆の声を上げる。

「あなたは……キドラー先生ではないですか！」

それは兄や弟たちに武術を教えていた武官だった。自分も武術を教わりたいと、兄弟たちに交じろうとしたアウローラは、ダメだというこの武術教師と議論して負けたことがあった。議論で自分に勝てる大人はそういなかったので、ひどく驚いたのを覚えている。

後から知ったが、キドラーは侯爵家の次男で、爵位を継げないことから武人となったが、その頭の良さから宰相が「自分の部下になってくれないか」と勧誘するほどの人だったらしい。

「あなたもお父様に随行していたなんて……知らなかったわ。その、ゼフュロスが師団長だというから……」

アウローラは半ば呆然と言った。キドラーは武官の中では出世頭だった。あれから五年経つ今、貴族であり実力もある彼なら相応の地位に就いているはずだ。

(それなのに、今回の随行軍の師団長がゼフュロス？　何故キドラーではないの？)

年齢から言っても実力から言っても、キドラーがゼフュロスよりも下ということはあり得ない。キドラーの実家とゼフュロスの家は貴族位が同格だし、なんなら持つ権力でいえばキドラーの家の方が大きい。順当に行けば、キドラーが師団長となるべきだ。

(それなのになぜ、ゼフュロスが彼より上の地位にいるの……？)

「……先生、何か粗相をしたのですか？」

父の不興を買ってしまい、出世街道から逸れたのだろうかと思って訊くと、キドラーはブハッと噴き出した。

「相変わらず、皇女様は頭と口が直結しておられる」

「まあ！　……ねえ、そんなことはどうでもいいのです。どうしてあなたほどの人が、ゼフュロスの下に付いているのですか？」

一瞬ムッとしかけたものの、そうではない、と自分を落ち着かせる。結論を急ごうとするアウローラに、キドラーはやれやれと肩を竦める。

「何故かとおっしゃっても、私にもさっぱり分からないのですよ。実は今回の随行軍は、急ごしらえでしてね。最初はネルウァ師団長の率いる左翼師団だけの予定だったのですが、皇妃様の進言から急遽《きゆうきよ》人員が追加されまして。私もその内の一人というわけです」

「――お母様の？」

アウローラはパチリと瞬《まばた》きをした。母は理由なく行動しない。表立っては滅多《めつた》に政治に口を出すことはない人だけに、公の場で母が父に進言したとなれば、余程重要なことだったのだろう。

（……つまり、お母様がキドラーをここへ寄越したということよね？　それはどういう意図なのかしら……？）

あらゆる可能性を頭の中で巡らせていると、キドラーが苦い表情でぼやくように言った。

「まあ、我々も少々戸惑っていましてね。ネルウァの団は特に結束力が固く、我々は常に蚊帳の外でして……。今回だけとはいえ、同じ軍内なのになんとも居心地が悪い。ネルウァの軍は同郷の者が多いから、仕方ないのかもしれませんが」

おや、と思いアウローラは目の前の軍人を見上げる。あまり愚痴を言う類の男ではなかったのだが、どうやらよほどゼフュロスと馬が合わないらしい。

（……そう言えば昔、お兄様たちの指導のついでに剣術を教えてやろうと言うキドラーに、ゼフュロスは断りを入れていたことがあったわね……）

あの時は、教えてもらいたくとも叶わなかったアウローラへの遠慮からだと思っていたが、よく考えればゼフュロスはそんな殊勝な性格ではない。

（ゼフュロスには、キドラーを嫌う理由があったということ……？）

母はそれを知っていて、敢えてキドラーをゼフュロスに付けたということだろうか。

顎に手を当てて憶測を頭の中で捏ね回していると、キドラーが何かに気づいたように一歩下がるのが見えた。

（……誰か来たの……？）

顔を上げると、向こう側からまさに今話題にしていたゼフュロスがやって来ていた。

アウローラはこっそりと拳を握った。これからやることを頭の中で反芻《はんすう》しながら、静かに呼吸を整える。物事を行う時には冷静でいることが最も大事だ。そう教えてくれたのは母だった。

「まあ、ゼフュロス」

できるだけ自然な声色になるように気を付けながら、手を上げてその男の名を呼ぶ。

ゼフュロスは呼びかけにも、ゆったりとした歩調は変えないままだ。それでも長い脚のせいか、さほど時間をかけずにアウローラの傍に到着すると、腰を折って頭を下げた。

「皇女殿下」

そして頭を上げ、チラリとキドラーへと視線を向ける。

「キドラー殿も。……意外な組み合わせですね」

口調は穏やかだが視線が妙に鋭くて、アウローラはキドラーを庇《かば》うようにして口を挟む。

「偶然そこで見かけたから、私が声をかけたの。キドラー先生に久しぶりに会えて嬉しくなってしまったわ。今回一緒に来ているなら、教えてくれても良かったのではなくて？」

詰るように言うと、ゼフュロスはニコリと微笑んだ。

「申し訳ございません。ですが秘密にしていたわけではなく、ただ機会を逸していたのですよ。なにしろ、アウローラ様はもう一国の王太子妃、世間話をするためにわれわれから声をかけるなど、おいそれとできなくなってしまいましたので」

アウローラはわずかに眉を上げる。一見ただの謙遜に見えるゼフュロスの台詞が、どうにも嫌味っぽく感じてしまうのは、彼が自分の婚約者だった事実を知ってしまったせいだろうか。

二人の間の空気がピリピリとしてきたのを感じ取ったのか、キドラーが愛想笑いを浮かべて頭を下げる。

「師団長もいらっしゃったようですので、私はこれで……」

触らぬ神に祟《たた》りなし、ということだろう。そそくさとその場を辞すキドラーを見送って、アウローラは改めてゼフュロスを見た。

「汗を流してきたようね。さっぱりしたではないの」

ゼフュロスは先ほどの褉帷子《くさびかたびら》を着込んだ軍服とは違い、帝国の貴族がよく来ている宮廷服を着て、髪を高く結い上げていた。

「は。皇帝陛下の御前に参りますので、見苦しくないように整えました」

「……その髪型、懐かしいわね。あなたのお母様の故郷の伝統だったかしら」

ゼフュロスの母の故国では、男性も髪を長く伸ばして結い上げるのだ。細い三つ編みを何本も作って複雑に纏《まと》め上げるその髪型は、子ども心にとても興味をそそられたものだ。

懐かしい気持ちで言った言葉に、ゼフュロスも軽く笑いながら頷いた。

「ええ。とはいえ、私も編み込んで結い上げたのは久々です。湯浴みをして濡れてしまったので……この方が見苦しくないかと思ったのです」

「ああ、なるほど。確かにそうね」

ゼフュロスの長い髪は、濡れたままだと着ている衣類を濡らしてしまいそうだ。

うんうん、と頷いていると、ゼフュロスがニコリと笑みを浮かべて肘を差し出してきた。

「陛下の所へ参られるのでしたら、僭越ながら、私がエスコートをしても？」

その提案に、アウローラは思わず目を丸くする。彼とはきょうだいのように育ったせいか、手を繋いだことはあっても、エスコートされたことなど一度もない。自分たちの間に男女の差分など存在しないと思っていたのだ。

「それほど驚かれては、私の立つ瀬がないのですが……」

よほど目を見開いていたのだろう。アウローラの顔を見たゼフュロスが、ぼやくように言った。

「だって……あなたにエスコートされる日が来るなんて！」

思わず正直にそう漏らすと、こちらを見下ろすゼフュロスの目が一瞬翳《かげ》る。

「……私は、あなたの隣に立ちエスコートするのは自分だと思っていましたよ」

低く抑揚のない呟きに、アウローラはハッとして口元に手を当てた。

（そうだった……。私が知らなかっただけで、ゼフュロスは私の婚約者だったのよね……）

となれば、今のアウローラの発言は『お前など眼中になかった』と言っているようなものである。

しまった、と臍《ほぞ》を噛んだものの、アウローラは頭を切り替える。

（気まずかろうがなんだろうが、その話題になったのなら、今切り込めばいいのよ）

話していると昔の懐かしさからついつい親しみが湧いてしまい、昔のままのように接してしまっていたが、そもそも最初からゼフュロスに釘《くぎ》を刺すつもりでここに来たのだ。

アウローラは意を決すると、ゼフュロスの目を真っ直ぐに見つめて言った。

「あなたに話があるの。お父様の所に行く前に、少し時間をいただいてもいいかしら」

その真剣な眼差しと口調にも、ゼフュロスは表情を変えなかった。

そして一拍の沈黙の後、おもむろに口を開く。

「――もちろんです。ワガママオレンジのお願いは、絶対ですから」

ゆっくりと吐き出されたその台詞に、女官たちは「さすが妃殿下の幼馴染み」と微笑ましそうにしていたが、アウローラは冷や汗をかいていた。

(微笑ましいなんて、とんでもない)

これは、ゼフュロス渾身の嫌味である。それも、アウローラと彼にしか分からない、嫌味なのだ。

子ども時代、アウローラが奇想天外なことをやらかす度に尻拭いをさせられてきたゼフュロスは、「ごめんなさい」と謝る彼女に、せせら笑いを浮かべて言ったことがあった。

『謝らなくてもいいですよ。知っているでしょう? 私は聞き入れます。あなたの「お願い」だろうが「ごめんなさい」だろうが、ワガママオレンジの言うことは絶対ですからね』

皇帝の娘に自分が逆らえるはずがないだろう、というわけだ。ちなみにその後「こちらが謝っているのに！」と癇癪《かんしゃく》を起したアウローラと取っ組み合いになったのだが。

振り返ってみると、子どもの時の話とはいえ、我ながら酷いことをしていたものだ。ゼフュロスにしてみれば、ワガママ皇女に迷惑はかけられるわ、逆切れされるわで、かなりストレスの溜まる毎日だったのではないだろうか。

もしかしたら、皇女の婿になるためにその苦痛に耐え続けていたのかもしれない。

（だとすれば……相当腹に据えかねたのでしょうね……）

微笑みを浮かべてこちらを見下ろすゼフュロスの目が笑っていないように見えるのは、多分気のせいではないのだろう。

ごくり、と唾を呑むアウローラに、ゼフュロスは冷たい微笑みのまま、もう一度肘を差し出した。

「さあ、では行きましょうか、殿下。――ゆっくりとお話のできる場所へ」

ゼフュロスとの話合いの場に、アウローラが選んだのは中庭の薔薇園《ばらえん》だった。

ここなら広く見晴らしが良いので、話し声が聞こえない程度に女官たちから離れても姿は見える。何か非常事態が起きてもすぐに駆け付けてもらえるというわけだ。

（……さすがに、ゼフュロスが私に乱暴をはたらくようなことはないと思うけれど）

どちらかと言うと、彼は物静かで大人しい子どもだった。粗暴な行動を取ったのを見たことがない。

アウローラはゼフュロスのエスコートで薔薇園をそぞろ歩きながら、思い切って話を切り出した。

「ゼフュロス。私はあなたに謝らなくては」

そう言うと、ゼフュロスは足を止めてゆっくりと首を巡らせてこちらを見る。アウローラが何を言おうとしていたのか予想できていたのか、全く驚いた様子はなかった。

「そうですか」

ゼフュロスは一言そう答えた。淡々とした相槌にかえって怯《ひる》みそうになり、アウローラはお腹に力を込めて自分を鼓舞する。

「あの……言い訳ではないけれど、私はあなたが私の婚約者だったことを、先ほどお父様に教えられて初めて知ったの」

「そうですか」

「だから、その、メルクリウス様に嫁ぐ時も、それがダメなことだなんて全く思わなかった。あなたを裏切ったつもりは、全くなかったの」

焦るあまり早口になって説明していると、ゼフュロスが「クッ」と喉を鳴らして笑った。その笑いが妙に皮肉げで、アウローラは眉根を寄せてしまう。

「な、何がおかしいの……？」

「いえ、まるで知らなかったことを免罪符のように仰るので、つい」

「め、免罪符って……」

的を射た表現に、カッと顔に血が上った。

確かに、知らなかったことは免罪符にはならない。ゼフュロスにとっては、アウローラが他の男に恋慕したせいで婚約破棄されたというのが事実なのだから。

こちらにも理はある話だとは思う。だが、まずは謝って然《しか》るべきだろう。話合いはそれからでもできる。

（なんとしてでも、ゼフュロスと和解しなくてはならないのよ）

このルドニア王国存続の危機——あくまで可能性ではあるが、父帝が望めば実現してしまう危うい状況だ。もし仮に父が望んでしまったとしても、それを止める存在がいてくれれば、一触即発という事態は免れる。そのストッパーとなってくれそうな人物として、現在ルドニア王国内に逗留《とうりゅう》している帝国軍の指揮官であるゼフュロスは、最適な人間なのだから。

「……まずは謝るべきだったわ。本当にごめんなさい。知らなかったこととはいえ、私はあなたを裏切った」

「裏切り……なるほど」

ゼフュロスは顎に手をやってクスクスと笑い出す。小ばかにした態度にムッとしそうになるが、アウローラは努めて冷静を保ちながら相手の出方を窺った。交渉時に感情は必要ない。冷静でいなければ、正しい判断ができなくなる。

「裏切り、とはそもそも何なのでしょうね？」

笑っているのかいないのか、絶妙な微笑みでゼフュロスがこちらを見た。アウローラは頭の中をフル回転させながら、彼の意図を探る。

「……それは、今回の件においての話？　それとも言葉の概念の話？」

問いかけに問いかけで答えると、ゼフュロスはフフッと楽しげに笑った。

「あなたらしい質問だ」

「私らしい？」

目を瞬《しばたた》くと、ゼフュロスは「ええ」と頷く。

「最も少ない手数で王を獲《と》ろうとする会話が」

「会話はゲームじゃないわ」

アウローラが非難を込めて言えば、ゼフュロスは軽く肩を上げる。

「ゲームですよ。会話も、人生も。己がどう動くか、相手や物事をどう動かすかで、未来は変わる。自分の欲しい未来を得るためには、上手く采配する必要がある。――とはいえ、自分の欲しい未来を思い描けない者の方が多い世の中ですが」

「あなたは、欲しい未来が明確に見えているということね？」

思わず皮肉めいたことを言ってしまった。冷静にならなくてはと思うのに、どうにもゼフュロスの達観しているかのような物言いが癪《しゃく》に障るのだ。

（自分は達観しているつもりかもしれないけれど、他者をばかにしているだけだわ。人生はゲームだなんて、自分が神にでもなったつもりかしら）

人は駒ではない。そういう生き方をしていれば、いずれ自分も同じように他者から駒として扱われる。

アウローラの言葉が意外だったようで、ゼフュロスは小首を傾げた。

「あなたは自分の欲しい未来を誰よりも見えている人だと思っていましたよ、ワガママオレンジ」

「そうでもないわ」

アウローラはすげなく答える。人を駒扱いするような話を長く続けたいとは思わないし、これ以上議論したとしてもこの論点においてゼフュロスと理解し合えるとは思えなかった。

だがゼフュロスはきっぱりと首を横に振った。

「いいえ。あなたは真理を見ていた人だ。子どもの頃から、あなたは物事の本質に迫りたいといつも懸命だった。その明晰《めいせき》な頭脳で一足飛びに結論に辿り着くから、皆の理解が追いつかないいんです。だからあなたの行動はいつも『突飛』だとされた」

「――」

思いがけない発言に、アウローラは驚いて言葉を失った。

確かにアウローラが子ども時代にしでかした、数多くの奇行と呼ばれていたものは、アウローラの中では矛盾のない正しいことばかりだった。それが周囲に理解されないことが、歯痒《はがゆ》くて悔しかった。誰にも理解されていないと思っていたのに、まさかゼフュロスが分かっていてくれたなんて。

「……あなたは、私の行動にいつも呆れていたのだと思っていたわ……」

呆然と呟くと、ゼフュロスはクッと喉の奥で笑いを転がした。

「呆れていましたよ。私ならもう少し要領良くやるのに、愚かだなとも思っていました」

「……なるほど」

要するに、アウローラを理解してはいても助けようとは思わず、ただ蔑《さげす》んでいたというわけである。

なんて奴だ、と思うものの、それはアウローラの記憶の中の少年ゼフュロス像と一致する。こいつはそういう奴だった。妙に納得しながら深く頷いていると、視線を感じて顔を上げる。ゼフュロスが感情のない目をしてこちらを見つめていた。

「あなたはいつも自分の欲しいものに真っ直ぐだった。今もそうなのでしょうね。目を見れば分かる」

「え……」

「あなたはあの王太子を守りたいと思っている。だから私の所に、過去を謝罪しに来た」

ズバリと言い当てられて、アウローラは不覚にも絶句してしまった。

硬直していると、ゼフュロスはふわりと優しい笑みを浮かべて言った。

「先ほどの話題に戻ると、私にとって全ての現実はゲームの結果にすぎません。過去の自分があまたある選択肢の中から選んで取った行動の結果が、今だということ。全ては必然だ。だから私の中では裏切りなどそもそも存在しないのです。あなたが謝る必要はまったくない」

「——そ、そう……」

独特な価値観だが、その論理に筋は通っている。

(でも、なんて厳しい……冷徹な考えなの……)

アウローラはゴクリと唾を呑んだ。誰のせいにもせず、全てを自分の責任だと受け止める考え方は、一見他者に優しく自分に厳しいものの考え方のように見える。だがそうではない。ゼフュロスは自分と同じ論理を他者にも求める。酷い例を挙げれば、ゼフュロスが誰かを殺したとしても、それは殺された人が過去に取った行動の結果だと言うのだろう。

(つまり、これは許されたわけではなく、警告というわけね……)

『己の全ての行動の結果が現実に突きつけられるのだから、心して行動しろ』或いは、『お前に何が起こったとしても、それはお前の責任だ』というわけだ。

(味方になってくれるつもりはない、ということね……)

アウローラはひっそりとため息をついた。

帝国軍の軍人であるゼフュロスをルドニア王国側の味方につけるというのは、そもそも困難な話ではあった。とはいえ、幼馴染みで気心の知れた相手ならばできるかもしれないと希望を抱いていただけに、落胆は大きい。

(でも味方になってくれないからといって、ゼフュロスに非はないわ)

「……時間をくれてありがとう、ゼフュロス。話ができて良かったわ」

落胆を隠し、微笑んで礼を言うと、ゼフュロスもまた微笑んだ。

「いいえ。こちらこそ、お話しできて光栄でした。……あ、最後にひとつ、試してみたいことが」

「試してみたいこと?」

なんだろう、と思った瞬間、大きな身体の中に抱き締められていた。メルクリウスとは違う男の匂いに、ギョッとする。

「ゼ、ゼフュロス?」

「あなたが私の妻だったら、こうして抱き締めることもあっただろうなと……」

試してみたい、とはそういうことか。興味本位というわけだ。アウローラも好奇心が旺盛なのでその気持ちは分からないでもないが、一国の王太子妃が祖国の軍人と抱き締め合っている姿など、傍から見てとんでもない疑惑が湧いてしまうことを考慮してほしい。

（そもそも、私はメルクリウス様以外の男性に抱き締められたいなんて思わないのよ！）

アウローラは慌ててゼフュロスの腕から逃れようとジタバタともがく。だが相手は屈強な軍人だ。小柄な小娘程度の力ではビクともしない。

「ちょ、ちょっと！　やめてちょうだ……」

怒った声を出していると、抱き締めているゼフュロスの腕がサッと解けた。あれ？　と思う暇もなく、ゼフュロスとは別の強い力で腰を攫われ引き寄せられる。

「――おっと」

面白がるようなゼフュロスの声にそちらを見れば、褐色の皮膚の上に鋭い金属がギラリと光っていた。

「あ……」

ゼフュロスの首筋に長剣の切先《きっさき》を突きつけているのは、メルクリウスだった。片手でアウローラを背後に庇い、もう片手で剣を握っている。

空色の瞳は、今まで見たこともないほど剣呑《けんのん》な色を帯びて底光りしていた。

「我が妻になんの真似だ」

地を這うような声でメルクリウスが言った。明らかに怒気を孕《はら》んだ恐ろしい声色にも、ゼフュロスは怯んだ様子はない。

「親愛の抱擁です。我々は乳兄妹で、その上元婚約者だ。本来私が得られたものに比べたら、それくらいは許される範囲では？」

その発言に、メルクリウスの目がいよいよ据わる。剣を持つ腕に血管が浮き、刃先が漆黒の肌に押し付けられた。

一触即発の状態に、アウローラは真っ青になる。

メルクリウスがゼフュロスを殺せば、父にルドニア王国侵略の理由を与えるようなものである。本末転倒どころの騒ぎではない。

「ゼフュロス！　このばか！　お前はその口をどこかへ捨ててきなさい！　メルクリウス様も、このばかの冗談を真に受けないでくださいませ！」

なんとか止めようとメルクリウスの腰に全力で抱きつきながら叫ぶと、カチャリと音がしてメルクリウスが剣を下ろした。

「――冗談にしても度が過ぎる。二度目はないので、よく心されるがよい」

低い声で警告するメルクリウスに、ゼフュロスは不敵な笑みを返す。

「肝に銘じます」

言葉とは裏腹に実に軽い動きでメルクリウスから距離を取ると、ゼフュロスは一礼した。

「では、私は失礼します」

悪びれた様子もなく優雅な足取りでその場を去る後ろ姿を恨めしく睨みつけていると、グイッと顎を摑まれてビックリする。そんなことができるのはもちろんメルクリウスだけだが、そんなふうに乱暴にされたことは初めてだった。

見上げた夫の表情は、とても苦しそうだった。

「メ、メルクリウス様……？」

あまりに辛そうで、どこか具合でも悪いのかもしれないと不安になって呼びかけると、メルクリウスは何かを堪えるように目をぎゅっと閉じる。

「――二度と」

「……え？」

呻くように言われた言葉が聞き取れずに聞き返すと、メルクリウスが目を開いた。

空のような青い瞳が、光を反射しているのか、美しく潤んで見える。

「二度と、僕以外の男に触らせてはいけない。君の手の爪一枚、髪一筋も」

「……え、と……」

それは無理なのではないだろうか、と率直に思う。なにしろ自分は一国の王太子妃だ。礼儀として、人から手の甲にキスを受けることは日常茶飯事なのだから。

言《い》い淀《よど》んでいると、メルクリウスは焦れたのか、グッと眉間に皺を寄せる。

「約束するんだ」

獣の唸《うな》り声《ごえ》のような低い声で念を押され、その迫力に圧されてアウローラはコクリと頷いた。

するとメルクリウスはようやく表情を緩め、その顔を寄せてくる。

(——そんな、離れているとはいえ、たくさんの人が……見てるのに……)

心の中で焦りながらも、アウローラは目を閉じて夫の唇を受け入れた。

何故か、今は彼の望む通りにしなければいけないと思ったからだ。そのキスは深く、長く、アウローラが腰砕けになって歩けなくなるまで続けられたのだった。

第五章　王太子妃は戦う

入浴を終えたメルクリウスは、濡れた髪をリネンで拭いつつ、傍に控える従者を見た。

「――それで、首尾はどうだ」

頼んだことの経過を訊ねると、従者はメルクリウスからリネンを受け取り、主の髪を拭きながら答える、

「万事滞りなく」

上々の返答に、口の端がわずかに上がった。

「そうか」

この従者は自分の乳兄弟で腹心だ。忠誠心にも能力にも信頼を置いている。

「短時間でよくやってくれた。大変だったろう」

労《ねぎら》うと、従者はしたり顔をして言った。

「何年あなたの従者をやっていると思っているんですか。当然ですよ」

「ふ、そうか。頼りにしているよ」

長い付き合いだけあって、メルクリウスの行動もその生き方も理解してくれているので、今やなくてはならない存在だ。

「ケント公爵様の方はいかがですか？」

「叔父上のことだ。僕が考える一手先まで抜かりなく進めてくれるだろう」

「確かに。味方であれば、これ以上はないほど頼もしいお方ですから」

従者が少々複雑そうな顔で言うのは、かつてマルスがメルクリウスを目の敵にしていた過去があるからだ。自分の恋した少女ミネルヴァが甥の婚約者になってしまったからと、『剣術の稽古』と称して地獄のように扱《しご》かれたものだ。乳兄弟であるこの従者もまた、巻き込まれるかたちでマルスに扱かれまくっていたから、その恨みはなかなかに深い。

こっぴどくやられ、二人で悔し泣きしながら『今度こそあのいけすかない叔父を打倒しよう！』と歯を食いしばって鍛錬に勤しんだのは、懐かしい思い出だ。

とはいえマルスの扱きの結果、あの頃の自分たちが心身共に急成長できたのだから、今となれば感謝すべきだったのかもと、少しだけ思う。

「準備は万端というわけですね」

「そうだな」

雑談をしつつ、従者の手を借りて身なりを整えていく。シルクのブラウス、ホワイトタイ、トラウザーズ、ベスト——全てを着用してしまうと、鏡の前に立ち己の姿を確かめる。

磨かれて曇り一つない鏡面の中には、『完璧な王太子』が立っている。

メルクリウスはその『完璧な王太子』に微笑みかけた。

「やあ、『王太子』」

鏡の中の金髪碧眼の男が、自分と同じように微笑んでいる。

これまでずっと、この『完璧な王太子』は自分そのものだと思ってきた。ルドニア王国のために存在し、ルドニア王国のために生きる存在。王族に生まれ、この国を統べる者として、あるべき自分であり続けた。

(だが、違った)

『王太子としての自分』以外にも、己は存在していた。

メルクリウスは目を閉じて鏡の中の自分を視界から締め出す。目の裏に映るのは、愛しい妻の顔だ。笑う顔、怒る顔、困った顔、微笑む顔、安らかに眠る顔――くるくると表情を変える様子を見ているだけで、心があたたかいもので満たされていく。

そして、場面が変わる。可愛い、愛しい妻が、自分以外の男に抱き締められる姿に、尋常ではない怒りを覚えた。頭の中が焼け焦げるような、そんな膨大な熱量を伴った怒りだ。

(――殺してやる)

そう思った。自分からアウローラを奪おうとする者は、一人残らず殺してやる。アウローラの視界に入ることのないよう、細切れに刻んで魚の餌にしてくれる――本気でそう思っていた。

（……あの時僕は、キレてしまっていたんだろうな）

まさに怒りで我を失っていたというやつだ。

この国の王太子である自分が、異国の軍人をそんな理由で殺していいはずがない。『完璧な王太子』である自分だったら、絶対に持つはずがない危険な思考だ。

これまでメルクリウスは、怒りで我を失ったことなどなかった。逆に言えば、心を動かされるほど執着できるものがなかったのだ。

（アウローラ、君だけだ。君だけが、僕を『王太子』ではなくさせる）

次代の王として、国のために存在する者ではなく、ただの男メルクリウス・ジョン・アンドリューとして、欲するのは彼女だけなのだ。

「……とはいえ、我が愛妻は厳しいからなぁ」

メルクリウスは目を開いてぼやくように呟く。

たとえば、メルクリウスが王太子ではなく一人の男として生きることを選んだとしたら、アウローラはどうするか。

（激怒する……よなぁ）

顔を真っ赤にして怒る彼女が目に浮かぶ。そうしてこう叫ぶだろう。

『あなたはご自分の責務を全て放棄すると、そうおっしゃるのですか？　見損ないました！』

そう。アウローラもまた、『完璧な王太子妃』なのだ。責任感の強い彼女に、そんな腑《ふ》抜《ぬ》けたことを言えば幻滅されてしまうのは目に見えている。

だがそれは逆に言えば、メルクリウスがどれほど『王太子』であることに矜持を持って生きてきたのかを、ちゃんと理解してくれている証拠とも言える。

「……本当に、敵わないよなぁ」

王太子としての自分も、ただ一人の男としての自分も、とっくの昔にアウローラに支配されてしまっているのだ。ゼフュロスに抱き締められている姿を見て実感するなんて、今更すぎる話だ。

自分に呆れながら苦笑していると、従者が鏡の中を覗き込んできて言った。

「敵わないって、誰が、誰にですか？」

「僕が、アウローラにさ」

メルクリウスが答えると、従者は「あっそ」とでも言うように肩を上げる。

「今更ですか？　この国中が知っていますよ、そんなこと。平和のために、末永く妃殿下の尻に敷かれてくださいね」

先ほど自分が思ったことと似たような発言をされて、メルクリウスはクッと噴き出してしまった。

「そうだな。死ぬまで……いや、死んでも敷いてもらえるように、全力でとりかかろうじゃないか」

メルクリウスは従者の肩を叩くと、踵《きびす》を返す。

――さあ、最後の仕上げといこうじゃないか。

＊＊＊

アウローラは盛大に眉を顰めた。

「――なんですって？　私に、出なくていいと？　晩餐会《ばんさんかい》に？」

あまりに突飛な内容に、思わず叱責するような鋭い声が出てしまった。そのせいで伝言を持ってきた侍従が顔を蒼白《そうはく》にしている。

アウローラは慌てて手にしていた扇をサッと一振りして微笑んでみせた。晩餐会に出るつもりだったから、とっておきのイヴニングドレスを着て準備してあった。

「ああ、怒っているわけではないの。ただ、晩餐会にどうして私が出なくて良いことになるのか分からなくて……。王太子殿下は本当にそうおっしゃったの？」

言いながら、また眉根が寄ってしまう。

おかしい。どう考えてもおかしい話だ。サムルカ帝国から娘に会いに来た皇帝をもてなすための晩餐会に、その娘であるアウローラが出席しないなんて、普通に考えてあり得ない。それも、何の理由もなく、なんて。

（……何を考えているの？　メルクリウス様）

訝しむアウローラに、年若い侍従がおずおずと伝言を繰り返す。

「あの、王太子殿下は『王太子妃は急な体調不良で休んでいると言っておく』と。……それと、妃殿下には『狼が来ても、誘いに乗ってはいけないよ』と伝えるようにとのことでした」

「なんですって？　狼？」

突拍子もない内容に目を丸くしてしまったが、周囲の女官たちも同様に驚いた顔をしていた。「おばあさんのお見舞いに行こうとした少女が、狼の甘言に騙されて食べられてしまった」という有名なお伽噺にちなんだ伝言なのだろうが、意味が分からない。

「……どういうことなのかしら……」

狼うんぬんの発言はともかく、要するにこれは「晩餐会の間、軟禁されていてくれ」というお願いだ。

何故アウローラを軟禁するのか。そして何故晩餐会の間、という限定的な時間なのか。

（……どんな理由があるとしても、メルクリウス様がそう望んでいる……なら）

余程の非常事態が起こらぬ限り、王太子妃としてアウローラに否やはない。

「分かりました。万事、殿下のおっしゃる通りにいたしましょう」

頷くと、侍従は胸を撫で下ろして「それでは」と部屋を辞していった。

狼狽えたのは女官たちの方だったようで、オロオロとした顔でアウローラに「よろしいのですか？　こんな……」と言葉を濁しつつ訊ねてくる。皇帝サムルカの機嫌を損ねてしまうのではないかと不安なのだろう。アウローラとて例外ではない。今この国にいる誰よりも父の機嫌を取れるのは自分だと分かっているだけに、きっと女官たちよりも抱いている不安は大きい。

『なぁに。婿殿と、楽しいゲームさ』

昼間の会話の中に出てきた、父の台詞が、頭の中に蘇る。

メルクリウスと父の間で『ゲーム』が行われているのだとしたら、メルクリウスのこの指示は、彼の繰り出す『一手』の一つだ。

「私はメルクリウス様の妻よ。妻は夫の味方をするものだから、これでいいの」

澄まして答えたアウローラに、女官たちはそれでも不安そうな表情だった。そんな彼女たちに、アウローラはニヤリと口の端を吊り上げてみせる。

「でも、ただ狼がやって来るのを待っているのは性に合わないわね。だって私は無知な少女じゃないもの」

そうでしょう？　と問いかけるように視線をやれば、女官たちは最初ポカンとした顔をした。

（『狼がやって来ても』――つまり、狼はやって来るのよ）

『狼』が何を指すのかは分からないが、誘いに乗ってはならない、というならば『良からぬ提案』をする者ということ。

「だって、私はルドニア王国の『完璧な王太子妃』だもの。狼とやらを完璧に出迎えて、返り討ちにしてやるのよ。さあ、あなたたち、こっちへ集まって！　内緒話よ……」

悪だくみをする子どものように手招きするアウローラに、女官たちが驚き呆れつつも、どこか安堵したような笑顔になり、いそいそと主の周囲に集まったのだった。

＊＊＊

皇帝を歓待するための晩餐会で、王太子妃の席が空いていることに気づいた皇帝が、太い眉をヒョイと上げる。

「なんだ、アウローラはどうした？」

すると父王も気づいたようで、「おや」と息子の方へ訊ねるような目線をくれた。

舅の杯に葡萄酒をなみなみと注いでいたメルクリウスは、少し困ったような顔をしてみせた。

「申し訳ございません。我が妃は少し体調を崩したようで……」

メルクリウスの返答に、ピクリ、と一瞬眉間に皺を寄せた皇帝だったが、国王の隣に座っていた王妃の心配そうな声に、不機嫌そうな顔を改める。

「まあ、それは大変。きっとお父様と久しぶりにお会いして、はしゃいでしまったからですね。お可哀想《かわいそう》に。薬湯は？　リンゴの果汁で薄めてあげると飲みやすいのよ」

メルクリウスは母に笑顔で「もちろんです。リンゴ果汁で割って、ハチミツ入りのものを、ちゃんと」と答えながら、心の中で感謝する。母妃は一見穏やかで頼りない風情の人だが、その実、非常にしたたかで計算のできる女傑だ。アウローラを実の母親のように心配するような今の台詞も、皇帝の機嫌を取るために計算したのだろう。無論、アウローラの心配をしているのも嘘ではないのだろうが。

(多分、僕の性格はこの人に似たんだよなぁ)

父は公明正大を絵に描いたような実直な気質で、腹に何も持っていないタイプなのだ。

杯の酒をぐびりと一口飲んだ後、皇帝が「しかし」と顎を撫でながら呟いた。

「体調が悪いと聞いたから、よもやもう一人の孫が、と思ってしまったが……」

ヒヤリ、とその場の空気が冷え込んだ気がした。

皇帝の顔は笑っているが、琥珀色の目が氷のように凍《い》てついている。その冷たい眼差しが自分にまっすぐに向けられていた。

『約束を違えてはいないだろうな』

とその目が言っている。

その約束とはもちろん『白い結婚』のことである。メルクリウスとアウローラの結婚は、あくまで『仮』のもの。アウローラの純潔は、二人の結婚が終了するその時まで守られ続けなくてはならない、というやつだ。

（クソジジイが）

腹の中で舅を口汚く罵りながら、メルクリウスはニッコリと笑った。

「そのような朗報をお届けできる日が来るように、尽力してまいります」

『アウローラとは本物の夫婦になるつもりだ』と婉曲に宣言したのだが、皇帝は「おやおや」と眉を上げてから呵々大笑《かかたいしょう》する。

「ははははは！　そうか、豪胆だな、婿殿！　やれるものならやってみろ！」

「ははははは！」

メルクリウスも同じように笑い声を上げる中、蒼褪めた顔で二人を見守るのは、父王と母妃の二人だ。当然ながらこの二人は『白い結婚』の約束を知っている。

国王夫妻のおかげで、五年もの間、王太子夫妻の間に子どもができなくとも問題はなかった。普通それほど長い期間、妃に妊娠の兆候がなければ、側室を勧める動きが出てくるものだが、両親がそれを事前に食い止めてくれているのだ。

皇帝はひとしきり笑い終えると、メルクリウスの杯に酒を注ぐ。

「なあ、婿殿。アウローラはこの国で上手くやっているか？」

「……十分すぎるほどに。我が妃は『理想的な王太子妃』と呼ばれているのですよ。今や彼女はこの国の少女たちの憧れの存在です」

メルクリウスは半分目を伏せて答えた。

頭に思い描くのは、愛しい妻の姿だ。

「アウローラは結婚する時、僕の妻として、そしてそれ以上にこの国の王太子妃として、僕が考えている以上の覚悟をして来てくれたのだと思います。でなければ、王太子妃として皆の尊敬を得ることなどできるはずがない。僕などにはもったいないくらいの妻です。彼女がどれほどの努力をして今の地位を確立したのかを知っているから、僕はそれに報いるために――アウローラに相応しい夫となるために、僕の人生をかけようと思っています」

それは心からの言葉だった。アウローラの一目惚れから始まったこの結婚は、今やメルクリウスの方が彼女を得るために必死だ。

メルクリウスの言葉に、皇帝は瞠目していた。

「……なんじゃ、お前さんも尻に敷かれていたのか」

「アウローラの愛らしい尻であれば、敷物になるのも悪くないと思っていますよ」

「おい、貴様の口から我が娘の尻について言及するな！　不届き者め！」

話題を出したのはそちらだというのに、理不尽な文句をつけてくるものである。

「……まあ、いい。人生をかけるも構わんが、その前に貴様にはゲームに勝ってもらわんとな」

フン、と鼻を鳴らす皇帝に、メルクリウスは不敵な笑みで応える。

「望むところです」

「――では、お手並み拝見と行こうかのぅ」

皇帝がそう呟いた次の瞬間、広間の扉が大きな音を立てて開かれた。驚く間もなく物々しく武装した男達の集団が広間に雪崩《なだ》れ込んでくる。

わぁ、きゃあ、という悲鳴が起こり、食器の割れる音や椅子の倒れる音などで会場内が騒然となった。

「な、なんだ？」

「どういうことだ！」

「何者だ！」

晩餐会の参加者らが狼狽えて騒ぎ出す中、男達が銃や剣を構えて威嚇する。

「静まれ！」

「動くな！　少しでも動けば、命はない！」

メルクリウスは静かに立ち上がり、父王と母妃を庇うようにしながら、男達の動向を窺った。チラリと横を見ると、皇帝はどっかりと椅子に座ったまま、不敵な笑みを浮かべて様子を見守っている。

（――本当に、このクソジジイめ）

「ちなみに、我が国に丸投げというわけですか？」

ボソリと呟けば、皇帝は片方の眉を上げて面白がるような表情を見せる。

「それは『降参』ということでいいのか？」

「――クソジジイが」

今度は口に出して毒づいたが、皇帝は「くっくっく」と声を殺して笑っている。「ゲーム」を楽しんでいるのが一目瞭然だ。

できることならその頭をぶん殴ってやりたいが、こんな迷惑千万で傍若無人な人災であっても、愛しい妻の実の親である。グッと堪えて目の前の状況に専念することにした。

（だがこれで、こちらの予想の大方が正解だったということが分かった）

メルクリウスは頭の中で計画を再確認しながら、男達を観察する。

武装集団は全員薄紫のマントを身に着けているが、顔は全て見た顔だ。

（――やはり、ゼフュロス師団長配下の軍人たちか。肌の色が違うのが分かりやすくて助かるな）

男達は全員、皇帝に随行してきた軍人たちだ。それも、ゼフュロスと同じ浅黒い肌をした者たちである。

(褐色の肌をしているのが、亡国ザハード出身の人間、というわけだ)

やがて男達の間から現れたのは、濃い紫の民族衣装を身に着け、銀色のマントをしたゼフュロスだった。

「我は誇り高き砂丘の国ザハードの王子、ゼフュロス・ネルウァ・ザハード」

大声で喚《わめ》いているわけでもないのに、不思議とよく通る声だった。

しんと静まり返る会場に、ゼフュロスの静かな宣言が響く。

「帝国皇帝、サムルカに要求する」

指名され、皇帝が無言で顎を上げた。

「お前がかつて奪ったザハードを、我々に返せ。ザハードは我々ザハードの民のもの。帝国の一部でなどあるものか！　もしお前がザハードを返還すると誓うのなら、ここで誓約書を書いてもらう。ルドニア王には、その承認となってもらおう！」

その台詞に、武装の男達が呼応するように「ザハード、ザハード」と国の名を連呼する雄叫びを上げ始める。

メルクリウスは幾分呆れた気持ちでその光景を見ていた。

(……要するに、これはゼフュロスの謀反ということだ)

現在帝国の一都市となっているザハードを帝国から分離し、復興しようとしているらしい。そしてこのルドニア王国をその証人に仕立て上げようというわけである。

ゼフュロスの母はかつて皇帝が滅ぼした国、ザハードの姫だったという。つまりゼフュロスはザハードの王子というわけだ。故国再建の旗印としては申し分ない存在である。

(大方周囲の人間に担ぎ上げられたのだろうが、母御は帝国の貴族の妻となっているはずだ。しかも、皇女の乳母となるくらいだから、帝国に対し敵意を持つ人物ではなさそうなものだが……)

とはいえ、人は外側だけでは判断できないものだ。亡国の恨みを母親から聞かされて育ったとすれば、この男はずっと帝国打倒の隙を狙って生きてきたのだろう。

(とはいえ、ルドニア王国《ウチ》からしてみれば、いい迷惑なんだが……)

皇帝打倒の機会がルドニア王国訪問であったのは、非常に遺憾ではあるが理解できる。異国訪問によって皇帝の身辺の護衛が手薄になる上に、訪問国であるルドニアは軍事力が非常に低いのだから。

理解はできるが、迷惑千万とはこのことである。

(そういうのは自分の国でやってくれ、まったく。ウチを巻き込まないでほしいな)

メルクリウスは腹立たしい気持ちで、サムルカを睨みつける。

ちなみに皇帝は全て把握した上でこの国にやってきたようだ。

（この狸《たぬき》ジジイ……）

分かってはいたが、本当に人災そのものだ。

つまり、皇帝の言う「ゲーム」とは、『帝国の危機を同盟国であるルドニア王国に解決させる』ことなのだろう。同盟国として帝国の役に立つと立証しなければ、アウローラの婿とは認めない、と、皇帝はそう言いたいのだ。

思い返せば、アウローラの母である皇妃も、手紙でやんわりとその旨を告げてくれていた。

武装集団の雄叫びが響く中、巻き込まれた形のルドニア王国の者たちは、それでも恐怖に慄《おのの》きながら沈黙を保って事の顚末《てんまつ》を見守っている。実にこの国の民らしい反応である。

（……これも、善《よ》し悪《あ》しだなぁ）

施政者として自衛力を強化する必要性を感じていると、皇帝が皮肉げな口調でゼフュロスの問いに答える。

「ずいぶん乱暴な要求じゃないか、ネルウァ。これが謀反だと分かっていての所業か？ 貴様の父や母にまでその責は及ぶぞ。その覚悟の上での行為なのだろうな？」

質問に質問を返すふてぶてしいやり方だが、その場にいた者なら誰しも同じことを考えただろう。謀反は企むだけでも大罪だ。

だがゼフュロスは余裕の微笑みを浮かべた。

「もちろんですとも。幼い頃よりずっと疑問だったのですよ。何故本来王族であったはずのこの私が、皇女であるというだけの、愚鈍な娘の世話をしなくてはならないのかと」

愚鈍な娘、という言葉に、メルクリウスは目を眇める。隣では皇帝も、ピクリと口元を引き攣らせたのが分かった。当然だ。アウローラを貶《けな》されているのだから。

「あなたの娘は本当に、うんざりするくらいばかだった。頭は悪くないはずなのに、その能力を使う場所をいつも間違え、おまけに間違いから学ばない。持てる力を発揮すべき方法を知らないことは、無能と同じだ」

ゼフュロスは滔々《とうとう》と語る。

メルクリウスがそれを黙って聞いているのは、ゼフュロスが皇帝と自分を怒らせようとしているのを分かっているからだ。わざわざ相手の術中に嵌《は》まってやる理由はない。

（そうでなければ、半殺しにしてやるところだが）

皇帝の方も同じ気持ちのようで、表面上は穏やかな表情を保っているが、こめかみには青筋が浮いている。

「ばかの後始末をしなくてはいけない苦痛がお分かりですか？　私ならもっと上手くやる。私なら、もっと分かりやすく、もっと明確に、自分の存在の稀有《けう》さを世に知らしめる方法を採れたのに！　私が面倒を見てやらなければ何もできないばかの方が、皇女だからというだけで多くを許される、そんなふざけた話があっていいはずがない！」

語る内に感情が高ぶってきたのだろう。最後の方は半ば叫ぶようにして言って、ゼフュロスは肩で息を吐いた。

じっとゼフュロスの話を聞いていた皇帝は、しばし思案するように首を捻っていたが、やがて口を開く。呆れたような物言いだった。

「先ほどからお主なら、と言うが、お主とアウローラは別ものだ。比較しようのないものを比べて、たられば話をしても意味がないだろう」

皇帝の言うことは正論だ。アウローラは皇女で、ゼフュロスは貴族の子。そこには歴然とした身分差があるのが現実だし、いくらゼフュロスが亡国の王の血を引くからと言って、今は国がないのだから意味のない肩書きだ。

だがゼフュロスはカッと目を見開いて、吼《ほ》えるように叫んだ。

「私とて王族だ！」

まるでその一言に全てを込めたような叫びだった。あまりの剣幕《けんまく》に、皇帝もギョッとしたように口を噤《つぐ》む。ゼフュロスはギリギリと歯軋《はぎし》りをしながら皇帝を睨みつけた。

「お前が滅ぼしさえしなければ、私とて王子だったのだ！　己の能力を隠す必要もなく、いかんなく発揮できる機会と方法を選び、周囲を認めさせ、国を導く立場になれた！　私とてアウローラと同じだったのだ！　同じで、もっと上手くやれたのに！」

血走った目で叫ぶゼフュロスを、メルクリウスはひどく冷めた気持ちで眺める。

（なるほど……、この男は……）

単純にアウローラを愛していて、それを横から奪ったメルクリウスを憎んでいるのかと思っていたが、どうやらもう少し複雑だったようだ。

（この男は、アウローラに嫉妬していたのか）

アウローラの頭脳を、優秀さを。

以前、メルクリウスはアウローラから、「自分は幼い頃、不器用で叱られてばかりいた」という話を聞いたことがある。おそらく、頭が良すぎることでしょっちゅうトラブルを引き起こしていたのだろう。そして乳兄妹だったゼフュロスは、そのトラブルの後始末をする羽目になったというわけだ。自分もまた、今は側近兼侍従となった乳兄弟にはずいぶんと迷惑をかけたから、よく分かる。

だがメルクリウスの侍従と違い、ゼフュロスには『自分は亡国の王族だ』という自負があった。皇女であるアウローラとよく似た立場であったはずだと、子どもであったゼフュロスが想像してしまうのは、致し方ないことなのかもしれない。

アウローラが失敗する度に「自分だったら」と想像し、その回数が重なれば重なるほど、彼女への嫉妬と憎しみが募っていった――というところか。

（だがその憎しみの裏にあるのは、執着にも似た淀《よど》んだ恋情だ）

冷めた気持ちになるのは、これが原因だろう。当然だ。妻に横恋慕する男の存在を、熱い気持ちで受け入れられる男がいたら、見てみたいものである。

（何が、アウローラと同じだった、だ。アウローラより下の立場であることに耐えられなかっただけだろうが）

ゼフュロスは、アウローラより上の立場となりたかったのだ。帝国の貴族の息子という立場では、たとえ彼女と結婚できたとしても、立場は永遠に妻の下である。

「私が面倒を見てやらなければ何もできないばかの方が」とアウローラを貶《おとし》める発言から分かるように、ゼフュロスにとってアウローラは「自分が庇護してやらねばならない下の者」でなければならないのだろう。

（だがそうやってアウローラに拘《こだわ》り続けていることが、彼女へ恋着している証拠だ）

誰かを庇護して上の立場でいたいのなら、相手はアウローラじゃなくていいはずだ。ゼフュロスは帝国貴族の息子で、下位の娘など山のようにいる。そういう娘を選ばずにアウローラだけに執着している時点で、この男が本当に欲しているものがなんなのか、こちらにしてみれば分かりやすいことこの上ないのだが、それにゼフュロスが気づいているかどうかは分からない。

亡国の王族としての矜持を植え付けられて育ったせいなのか、ゼフュロスの生来の性質なのかは分からないが、どちらにしても歪んでいることは間違いない。

愛する者に愛し返してもらうには、跪いて愛を希《こいねが》うしかないのに。

（そんなことも分からないなら、お前はアウローラの伴侶どころか、彼女の視界に入る資格もない）

メルクリウスが鼻白んでいると、皇帝がうんざりしたように言った。

「――お前がアウローラへ拗《こじ》らせた恋心を抱いていることは分かったが」

あまりに的確な表現に、メルクリウスはあやうく噴き出しそうになったが、腹に力を込めてなんとか堪える。

（おい、ジジイ！　正直すぎるだろう！　面白いが、挑発するのはやめろ！）

心の中で笑い転げつつ叱りつけたが、当たり前だが皇帝には届いていない。畳みかけるように現実をゼフュロスに突きつけていく。

「いくら自分は王族だからアウローラと同じ立場なのだとお前が喚いたところで、アウローラはそんなこと、気にもかけていないと思うがな？　あの子はたとえお前が他国の王子だったとしても、お前を選ぶことはしないだろうよ。逆に、そこの腹黒い男前が王太子ではなく単なる貴族だったとしても、あの子はこの男を選ぶだろう」

皇帝が嫌そうな顔でこちらへ視線を向けてくるので、メルクリウスは気取ってお辞儀をしてやった。正直、皇帝から出た言葉とは思えない台詞だった。ゼフュロス相手なのでこちらの株を上げようとしているのだろうが、幾ばくかの本音が混じっていると思えば、悪い気はしない。

「そこまで僕を認めていただけていたとは」

にっこりと笑ってそう言えば、皇帝は更に嫌そうに鼻に皺を寄せる。

「お前を認めているわけではなく、あれの男を見る目を認めているだけだ。そこは、母親譲りだからな」

それこそが意外な発言なのだが、とメルクリウスが驚いていると、バン、と強烈な破裂音がした。ギョッとしてそちらを見れば、ゼフュロスが陰鬱な笑みを浮かべて手にした拳銃を天井へ向けて発砲していた。

メルクリウスは目を細めてその拳銃を観察する。

(帝国が開発したという、新しい回転式の小銃か。隠し持っていたのだろうな)

確かこれまでのものよりも一回り大きく、装弾数も一発多いと聞いた。

皇帝が引き連れてきた軍隊の武器は全て、ルドニア帝国に入国する段階で一度押収して検められる。同盟国同士、武器を預けられるほどの信頼関係が存在しているという証である。その後返されるので一種の儀式のようなものではあるが、この儀式があるとなしでは雲泥の差と言える。

ともあれ、今回も帝国軍の武器は全てルドニア王国に預けられたため、メルクリウスは全てを確認していたのだが、今ゼフュロスが手にしている銃は見た覚えがない。検査の際に隠しておいたものなのだろう。

「くだらないお喋りはお終いにしましょう」

ゼフュロスが言った。どうやら皇帝に正論を言われて腹を立ててしまったようだ。

「主にくだらない話をしていたのはお前の方だがな」

皇帝がボソリと呟けば、それを耳聡《みみざと》く拾ったゼフュロスが、今度は皇帝の足元を目掛けてもう一度発砲した。ズドン、と強烈な発砲音と共に、皇帝の三歩ほど前の床に穴が開く。

(おい、やめろ。どこの王宮だと思っているんだ)

破壊行為はそこのジジイの城でやれ。

「皇帝陛下、今は皮肉を控えましょうか」

心の中で盛大に「この馬鹿ども」と罵りながらも皇帝を小声で窘めていると、ゼフュロスがまた天井へ向けて発砲する。黙れ、と言いたいのだろう。

(ああ、天井が……)

穴が空きひび割れて無惨な有様になっている。本当にいい加減にしてほしい。

「死にたいのならそう言えばいい。キドラーたちのように、あの世へ送ってやろう」

せせら笑いを浮かべるゼフュロスに、皇帝がチッと舌打ちをした。

「……キドラーを殺したか。ばかめ。良い軍人であったものを」

苦々しい顔をする皇帝に、ゼフュロスは満足そうに相好を崩す。

「援軍は期待しないことです」

これで皇帝が連れてきた軍隊の中で、皇帝を守る者はいなくなったと言いたいのだろう。

メルクリウスは頭の中で計画を再確認していく。

ゼフュロスに従っている者は、帝国軍の中でもおそらく半数から多くても三分の二程度。残りの自分たち側に加担しなかった者たちを、この謀反で皇帝側につくのを防ぐために、殺したということだろう。

(想定通りだな)

メルクリウスは心の中でほくそ笑んだ。

ゼフュロスは殺したと言っているが、おそらく死んではない。メルクリウスが事前に手を回していたのだから。

キドラーの名前は知っていた。なぜなら、アウローラの母である皇妃が予《あらかじ》め手紙で教えてくれていた人物だったからだ。

『随行者の中にキドラーという軍人がいます。我が子らの師として選んだ者で、アウローラとの面識もあります。彼は信頼できるでしょう。あなたからの要望には応えるようにと命じてあります』

手紙にはそう書かれてあった。最初はてっきり対義父のための要員かと思っていたのだが、この状況を鑑みるに、対ゼフュロス要員だったのだろう。

集団の人間を殺すのに、手っ取り早いのは毒殺だ。しかも相手は兵士の集団とくれば、戦って殺すよりもよほど効率がいい。

　ゼフュロスたちがキドラーたちを殺すとしたら、飲食物に毒を盛るに違いない。

　そう予想をつけたメルクリウスは、事前に侍従へ指示を出し酒を軍人たちの所へ運ばせた。ゼフュロスたちが細工しやすいようにするためだ。案の定、酒を率先して受け取ったのは褐色の肌の者だったそうだ。侍従はさりげなくその場に待機し、彼らが酒に細工したのを確認した後、ひっそりとそれを弱毒性の毒入りのものと入れ替えた。

　この毒はルドニア特有のツツジの一種から採れる毒で、飲んだ直後から眩暈や嘔吐《おうと》、頭痛などが生じた後、筋肉の痙攣や麻痺《まひ》により動けなくなる効果がある。具合が悪くなり次々と倒れる兵士を見たゼフュロスが、「毒が効いて死んだ」と勘違いするだろうと考えたのだ。

　ちなみにこの毒は一晩ほどで代謝されてしまうため、死に至ることはない。

（今頃苦しんではいるだろうが、明日にはケロリとしているはずだ。苦しませたのは悪かったと思うが、死ぬよりはマシだろう）

　何故メルクリウスが手間暇かけて他国の軍人たちを救おうとしたかは、むろん非人道的な殺人を止めたいという道徳観念もあるが、どちらかといえば皇帝に恩を売るためである。

　帝国の貴重な人材である軍人たちの命を救った、という事実は、確実にゲームの加点となるはずだ。

「サムルカよ、選べ！　ザハードの再建を認めるか、ここで死ぬか！」

ゼフュロスが声を張り上げて二者択一を迫る。その声を合図に、武装集団が一斉に武器を構えた。武器の矛先は皇帝だけでなく、晩餐会に参加していたルドニア王国の民にも向けられていることから、ゼフュロス達が手段を選んでいないことが窺い知れた。

一気に緊張感が高まり、視線が皇帝に集中する。

皇帝が是と言わねば、ここにいる全員の命が危うくなることを、皆分かっていた。

しかし皇帝の答えは「是」ではなかった。

「――だ、そうだが？　お主はどう思う、婿殿？」

まるで「お前もこのリンゴを食べるか？」とでも訊くような気安さで、メルクリウスにお鉢を回してきたのである。

このクソジジイ、と悪態をつくことすら面倒になってくる。

メルクリウスは微苦笑を浮かべ、深く深く息を吐いてから、やれやれとゼフュロスに向き直った。

ゼフュロスが面白がるような顔でこちらを見た。

「ご指名のようだが？」

「そのようですね。……仕方ないので、僭越ながら」

メルクリウスは一度コホンと咳払いをしてから、スッと笑顔から真顔になって辺りを睥《へい》睨《げい》する。自分のその眼差しに、向けられた者たちが皆ビクリと身を震わせた。

「痴れ者ども、武器を収めよ」

よく通った張りのある声が、広間の高い天井に響く。

それまで終始穏やかな笑みを浮かべていた王太子が、突然醸し出した圧倒的で冷徹な王者の雰囲気《オーラ》に、一瞬でその場の空気が塗り替えられていった。

謀反人たちも気圧された表情になる中、ただ一人ゼフュロスだけが不快げに眉間に皺をよせていた。

その様子を十分に観察した後、メルクリウスはまた口を開いた。

「ここをどこだと心得る。ルドニア王国の国王陛下の御前であるぞ。同盟国サムルカ帝国の皇帝を歓迎するこの祝いの席を、無粋な戯言《たわごと》で穢《けが》すなど言語道断。武器を収めれば、寛大なる心で命までは取らぬ。今すぐにその武器を捨て、降伏するがよい！」

高らかに述べた降伏勧告に、辺りがシンと静まり返る。

沈黙を割ったのは、ゼフュロスの笑い声だった。

「ははははは！　何を愚かなことを！　気でもおかしくなったか、ルドニアの王太子よ！　寛大な心で命は問わない？　武力など皆無に等しいお前たちに何ができる！　我々の一捻《ひとひね》りで、お前たちなど殲滅《せんめつ》できるのだぞ！」

「なるほど、勧告には従わないということか」

メルクリウスは残念そうに半眼を伏せて頷いた。

半ば脅しのような文句にも、屈しないどころか怯えた気配も見せないメルクリウスに、ゼフュロスが怪訝な表情になる。

「――何を企んでいる?」

その問いに、メルクリウスは思わず吹き出してしまった。

「企んでいたのはそちらだろう。我々は備えていただけだ」

「……なんだと?」

苛立ったようにこちらを睨んでくるゼフュロスに、メルクリウスは嫣然《えんぜん》とした笑みを浮かべる。

「確かに我が国の軍事力は低いが、防衛力とは兵力だけではないということさ」

そう言って、片手を掲げるように上げた。

その動きを合図に、広間の奥の壁がガタンと開く。唐突に開かれたのは隠し通路で、そこから雪崩れ込んできたのは、白い軍服を着たルドニア王国の兵士たちだ。

「構えろ! 撃て!」

それを見た瞬間、ゼフュロスが矢のような指示を出した。おそらく散弾銃を構えている部下に対するものだろうが、一向に発砲される様子がない。

「何をしている! 早く撃て!」

激高するゼフュロスに、部下の途方に暮れた声が答えた。

「撃っております！　ですが、弾が出ないのです！」

「なんだと……？」

「私もです！」

「俺もです！」

狼狽えた声が次々と上がる中、ルドニア王国側の兵士がぐるりと謀反人どもを取り囲んだ。ルドニア王国の兵士が手にしているのは、散弾銃ではなく長剣だ。この国に銃がないわけではないが、敢えて持たせなかったのは、「武力で勝負するつもりがない」ということれまでのルドニア王国のスタンスを貫く、という意思表示だ。

「ふふふ、そうでしょうね。申し訳ないですが、帝国軍の持ち込んだ武器は全て、使い物にならないよう細工させていただきました。銃だけでなく、剣の方も刃を潰させていただいておりますから、殺傷能力はありませんよ」

メルクリウスはゆっくりとした足取りでゼフュロスの方へ歩きながら、種明かしをした。

「……なるほど、あのばかばかしい通過儀礼の時か」

ゼフュロスがせせら笑いを浮かべた。

「我々の武器や兵士がここにいるだけだとでも？」

そう不適に言い放った後、ゼフュロスが指を口に入れ指笛を吹く。高低をつけた独特の音程で鳴らされるその音は、人が身体を使って慣らしているとは思えないほど大きく高く響き渡った。

（砂漠の民は指笛を使って鷹《たか》を飼い慣らすと聞いたことがあるな……）

ザハードも砂漠の国だ。もしかすると彼の国の伝統的な技術なのかもしれない。

エキゾチックなその音に、その場にいた全員が半ば圧倒されかけていたが、低く艶やかな声がそれを遮るように被《かぶ》さった。

「なるほど、その指笛が援軍を呼ぶ合図だったわけか。異国的で悪くない音色だ。……だが無駄だぞ」

飄々と言いながら隠し通路から現れたのは、目を見張るような美貌の男性――この国の王弟である。

「叔父上」

意表をつく登場と発言に、皆が呆気に取られている中、にこやかに彼を迎え入れたのはメルクリウスだ。

マルスはこの混乱の状況を見るも、なんら驚いた様子を見せない。まるで神話の中に出てくる軍神のように悠然と歩きながら、フンと鼻を鳴らした。

「頼まれ事は完遂したぞ」

「ありがとうございます。さすがは叔父上だ」

「貸しにしておいてやる」

「うわぁ、高くつきそうだ……」

叔父と甥が気の抜けた会話を繰り出す中、苛立ったように声をあげたのは、もちろんゼフュロスだ。

「無駄だとはどういうことだ！」

質問を向けられたマルスは、煩《わずら》わしそうにゼフュロスを一瞥《いちべつ》しただけで無視すると、その美しい顔を甥へと向け膝を折った。

「王太子殿下に復命いたします。フィーノ港において不審な小舟を四艘発見し、取り調べたところ集団密航者であることが分かり捕らえました。また舟には大量の武器も乗せていたため、それらも押収しております」

「大義であった、ケント公爵」

仰々しいやり取りをすると、マルスはスッと立ち上がってもう一度フンと鼻を鳴らした。

形式上とはいえ、メルクリウスに膝を折るのは不本意だったのだろう。

（……それでも律儀にやってくれるところが、叔父上なんだよなぁ）

辛辣な皮肉屋だが、真面目なのだ。

内心苦笑いをしながら、メルクリウスはマルスの代わりにゼフュロスに答えた。

「僕があなたの立場なら、援軍をもう少し用意するだろうなと思ったから、叔父上に金軍

——王族しか使えない軍隊を指揮して、君の援軍を潰してもらったのですよ。多分、王都の主要ではない港から侵入させるだろうなと思ってフィーノ港を調べてもらったのですが、当たりだったようですね」

フィーノ港は王都に近いが主要な港ではなく、現地の民間人たちの漁港になっているため、警備隊の目が届きにくい。おまけに小さな入り江が数ヶ所あるので、不法入国者が舟を隠すのにもってこいなのだ。

にこやかに説明したメルクリウスに、ゼフュロスが無言で銃口をこちらへ向ける。

「僕を撃っても祖国は戻りませんよ。その拳銃一丁でこの場を制圧するのは無理でしょう。愚かな真似をやめ、降伏なさい、ネルウァ師団長」

メルクリウスはもう一度静かに勧告した。

今や反乱軍は武器を取られたも同然で、その倍の数の兵士に取り囲まれている。有効な武器はゼフュロスの拳銃一丁だ。勝ち目などないはずの状況で、しかしゼフュロスは高笑いをする。その笑い声は、どこか暗く、乾いた響きをしていた。

「愚かなのはお前だ、幸せな王太子よ。——私は既に覚悟を決めている」

笑い終えると、ゼフュロスはメルクリウスを睨みつけながら、片手を上げた。

それを合図に、再び会場の扉が開かれる。

その奥から現れた人物に、メルクリウスは息を呑んだ。

波打つ赤銅色を結い上げ、勝気そうな琥珀色の瞳を煌めかせるその女性は、まぎれもなく自分の最愛の女性だった。

彼女の背後には紫の布で顔を覆った兵士がぴったりと貼り付き、細い首元にナイフを当てている。彼女の命が危険に晒されているという状況に、スッと胃の底が抜けるような恐怖に見舞われた。

「アウローラ……」

「……メルクリウス様」

アウローラはメルクリウスと目が合うと、申し訳なさそうに眉を下げる。敵に捕まってしまったことを己の咎だと考えているのだろう。

（――違う。君のせいじゃない）

メルクリウスは、この宴の場でゼフュロスが動くだろうことを予想していた。

だから彼女には安全な場所にいてほしくて、この宴へ参加させることをやめたのだ。無論、彼女の部屋の周囲は選《よ》りすぐりの兵士を手配し、反乱軍が襲撃をかけてきても守り切れるようにしてあった。

だが彼女がこうして捕まっているところを見れば、自分の判断が甘かったということだ。

捕らえられた妻の姿に呆然としていると、ゼフュロスが両腕を広げて大声を張り上げる。

「さあ、ルドニアの王太子よ。これを最愛の妻だと言ったな？　ならば妻のために、お前の隣に座る、赤毛の極悪人を殺すがいい。妻を殺されたくはないだろう?」

赤毛の極悪人——皇帝を殺せ、という要求に、メルクリウスは眉根を寄せた。

「先ほどの貴殿の要求はザハードの再建ではなかったか? 我々ルドニア王国には、その証人になれと言っていたはずだ」

「要求を呑まなかったのはそちらだろう。折角《せっかく》機会を与えてやったというのに」

「機会だと?」

「そうだ。我々の目的はザハードを取り戻すことで、復讐ではない。だから皇帝を殺す必要はなかったのだ。だがそれを拒むのであれば、致し方ない。皇帝を殺すしかないだろう? サムルカ帝国はその名の通り、サムルカがいなければ成り立たない。サムルカのカリスマ性や政治力、軍事力に依存しているからだ。言い換えれば、その男を殺してしまえば、帝国は混乱に陥り崩壊する。そうすれば、我らがザハードを再建するのは容易い話だ」

哀愁すら漂わせながら語るゼフュロスに、メルクリウスは心の中で舌打ちをする。

ゼフュロスの言っていることは事実だ。サムルカ帝国は、巨大な引力を持つ皇帝を中心に各地の勢力が集まってできている国だ。その引力を失えば、それらはあっという間に散り散りになる。

メルクリウスは帝国の皇太子に会ったことがあるが、残念だが父帝ほどのカリスマ性はなかった。彼が後を継いだとしても、一年も経たずに内部から分裂してしまうだろう。

（この男はばかではない）

最盛期を迎えている帝国に身を置きながら、豊かさに慣れ切ってしまわず、その中で帝国の危うさを見つけ出せているのは、卓越した分析力があるからだ。

「さあ、ルドニアの王太子。妻の命と舅の命、お前はどちらを取るのかな？」

ふざけた真似を、と言おうとしたメルクリウスの台詞は、鈴のような可愛らしい声に遮られた。

「愚かな男ね、ゼフュロス・ネルウァ・カティリウス」

朗々とした声でそう宣《のたま》ったのは、なんとアウローラだった。

喉元に刃の切先を突きつけられながらも、背筋をピント伸ばし、真っ直ぐにゼフュロスを見据えている。

窮地に陥りながらも、怯みもせず堂々としたその態度は、まさに皇女だ。

その気高さを眩しく思いながらも、メルクリウスはヒヤヒヤしながら彼女を見つめる。

（……何を言うつもりだ、アウローラ……）

彼女の暴力に屈しない気丈さを誇りに思うけれど、絶対に傷つけられてほしくない。できるなら真綿に包んでどこかへ隠しておきたいくらいだというのに。

頼むから相手を煽るようなことを言わないでくれ、という願い虚《むな》しく、彼の妻は可愛らしい顔を上げて嘲笑《あざわら》うように言った。

「ザハードの再建ですって？　そんなもの、お前が再建するまでもなく、とっくに皇帝陛下がなさっているわ」

「……なんだと？」

先ほどまで笑みを浮かべていたゼフュロスが、ピクリと眉間に皺を寄せる。

「ザハードは国土の大半を砂漠が占める貧しい国だったわ」

アウローラの淡々とした声に、その場の誰もが異を唱えなかった。

それが事実だったからだ。ザハードは大陸の隅にひっそりとある小さな王国だった。土地が痩せているため穀物が採れず、地下資源にも恵まれなかったが、国土には大陸を東西に繋ぐ流通路が走っていたことから、中継貿易で民を養っていた。

とはいえ、国土に資源のない国の土台は脆《もろ》い。戦争や自然災害などが起これば、国内で物資を生み出すことができないため、経済があっという間に破綻してしまう。

実際、サムルカが大陸制覇のための遠征を始めると、ザハード王国は当然のように困窮した。

(皇帝が遠征など始めたせいだと言えばそれまでだが、僕に言わせれば亡きザハード王が無能だったのだ)

そうなることを予測して備える能力がなかったということだからだ。

国政を担う者は、国の過去を繋ぎ、未来を想像して、現在を調整するのが仕事だ。無能な王を戴《いただ》いたばかりに自滅しかけて虫の息だったザハードを、サムルカがついでとばかりに侵略したのは、もはやそういう定めであったと言っても過言ではないだろう。

「皇帝陛下はそのザハードの砂漠を農地に変えた。砂漠でも栽培できる芋を植え、採れた芋で酒を造らせた。その酒が名産物となって、ザハードの経済力は飛躍的に上がったわ」

（ロナ芋のことだな。……皇帝が作らせていたのか……）

近年、ザハード地方名産のロナ芋で作られた蒸留酒が帝都で人気を博しているという噂は、メルクリウスも聞いていた。だが運河を隔てたこのルドニア王国でその実物にお目にかかったことはない。

（それを知っていただけではなく、その酒の誕生由来まで把握しているなんて……）

自分の妻の有能さに舌を巻きつつ、ゼフュロスや彼女を拘束する兵士たちの動きを注意深く観察する。彼女に手を出そうとした時、瞬時に動けるようにしておかなくては。

「民は醸造所での安定した仕事も与えられた。つまり、帝国の支配下でザハードの土地も民も豊かになったということ。……分かる？　ゼフュロス。衰えた国力を補い、民が安心して暮らせるように整える――これが国の再建よ。お前たちがやろうとしていることは、再建どころか、国を混乱させ疲弊させる蛮行だわ。……それを再建？」

そこまで一息で言った後、アウローラはハッと息を吐き出し、轟然《ごうぜん》とゼフュロスを睨みつけた。

「愚か者。寝言は寝て言うものよ」

辛辣すぎる一言に、ゼフュロスの顔から一切の表情が消える。

（――拙い）

メルクリウスが危機感を覚えたその時、ゼフュロスがアウローラを拘束している兵士に向かって、スッと片手を上げた。

「――殺せ」

「やめろッ！」

咄嗟に飛び出して兵士を殴り倒そうとしたメルクリウスの腕は、太い腕に阻まれた。

ガツン、と重い音が衝撃と共に身体に響く。

メルクリウスの渾身の一撃を自らの前腕に受けたゼフュロスが、白い歯を見せてニタリと笑った。

「貴様の相手はこの私だ」

「クソ、退け！」

アウローラの元へ駆けつけようとするも、ゼフュロスの身体がその行く手を阻む。苛立ちに任せてその胸ぐらを掴んだ時、ゴツリと音を立てて額に銃口を押し付けられた。

「チェックメイトだ、王太子殿」

笑みを含んだ悪魔のような囁きが聞こえ、目の端にゼフュロスの瞳が見える。そこにあるのは、狂気か、正気か——その判断をする前に、メルクリウスは素早く首だけを傾けて銃口から頭を逸らす。それと同時に勢い良く両手で銃身を掴んで銃口を上へと向けた。

ズキュン、と鼓膜を突き破るような発砲音と共に、銃弾が右の頬を掠めていく。

（一発は避けた。そして——）

メルクリウスは銃身を掴んだまま、引き金を持つゼフュロスの親指の付け根に小指を当て、それを支点に切るように下に振り下ろした。

「グッ！」

急激な負荷に耐え切れずゼフュロスが銃から手を離すのと同時に、メルクリウスはそれを奪い取ると、それを皇帝のいる方向へと放り投げる。

思いがけず武器が自分のところに飛んできた皇帝は、仰天した顔でそれを受け取った。

「ばっ！　あぶ、危ないではないか！　誤発したらどうする！」

「弾は入っていません。四発撃った後ですから」

新しいこの拳銃の装弾数は四発。メルクリウスの頬を掠めたのが最後の一発だ。

「数え間違いということがあるかもしれないだろう！」

皇帝がまだ何か喚いていたが、それどころではない。

メルクリウスはサッと視線を巡らせてアウローラを探すと、彼女はなんと拘束していた男の背に守られるようにしていた。

「⁉」

一瞬訳が分からず頭の中が混乱していると、ゼフュロスの唸り声が聞こえた。

「キドラー……貴様、生きていたのか」

驚いてその顔を検めれば、先ほど顔に巻いていた紫の布を外している。

（なるほど、肌の色が白い。この男がキドラーか）

皇妃から彼の協力を得るようにと指示されていたが、結局顔を合わせる前にこの事態に陥ってしまっていた。

年は五十を過ぎたぐらいだろうか。壮年の兵士は、渋面を作ってゼフュロスを見つめている。

「ネルウァ。なんという愚かな真似を……。皇妃様がどれほどお嘆きになるか。お前のことを息子同然に想《おも》っておられるのに……」

キドラーの声には悲哀がこもっていた。それは親が子に対する親愛にも似た響きで、メルクリウスは皇妃からの手紙に書かれた一文を思い出していた。

（……そうか、この人は『子の師』だったな）

つまりは皇子たちの指南役だったのだろう。ならばアウローラの乳兄妹であったゼフュロスのことも幼い頃から知っているはずだ。よく知っている子どもが罪を犯せば、大人は哀《かな》しむものだ。

ゼフュロスは『皇妃』の言葉に一瞬僅かに目を眇めたが、すぐに真顔に戻った。

「なぜ貴様が生きている？」

自分の言葉を無視してぶつけられた質問に、キドラーが渋面を作る。

「……お前は誰も殺せていない。酒に毒でも盛ったのだろうが、皆嘔吐して苦しんでいるが、生きている。酒に入っていた毒は死に至るようなものではないと、ルドニアの宮廷医がおっしゃっていた。それに、私は元より酒を飲まなかったのだ」

「なんだと……!?」

どういうことだ、と部下を振り返るゼフュロスに、メルクリウスはヘラリと笑いながら種を明かした。

「あ、それは僕が弱毒性のものとすり替えておいたのです。皆さんにお伝えしようかとも思ったのですが、ネルウァ師団長たちを騙すためには、一度皆さんに倒れていただく必要があったので……」

申し訳ない、と軽く頭を下げると、キドラーは呆《あき》れ顔《がお》になり、ゼフュロスはなぜか瞑目する。そして次に瞼を開いた瞬間、唐突に哄笑し始めた。

「ははははは！　私は貴様らの掌に乗っていた道化というわけか！」

どこか自棄《やけ》になったような虚しい笑い声に、メルクリウスは若干の同情心を抱いてしまう。今の状況は、入念に計画したはずのクーデターが失敗しただけでなく、まるで皇帝の描いた筋書きの上で踊らされていたかのように見えるだろう。

「……言っておきますが、僕は掌の方じゃない。踊らされた道化の一人ですよ」

舅に対する恨みもあって、メルクリウスはため息をついた。

「なにしろ、僕は何も聞かされていませんでしたからね。あなたのことも、クーデターのことも」

二人を掌の上に乗せて高みの見物をしていたのは、皇帝一人だ。

皇帝が用意した『ゲーム』――すなわちメルクリウス対ゼフュロスの争いなのだ。

皇女アウローラの夫（仮）と、元婚約者のデスマッチというわけだ。

おそらくこれに勝利した者にアウローラを嫁すつもりだったのだろう。

（……いや、これまでの発言を鑑みれば、皇帝は僕が勝つ方に賭けていた可能性は高いが、それでもゼフュロスが勝てば『それはそれで』と考えていたに違いない）

ゼフュロスのクーデターも、皇帝が事前に把握していながら何の対策もとっていないわけがない。メルクリウスが防ぐことに失敗したとしても、最終的には皇帝が彼らを制圧できるように予防策は立てられているはずだ。

（……大方、制圧した後でザハードの再建を認め、それを餌に友好国となる証に、王妃としてアウローラを嫁がせる形にでもしたのだろう。クソジジイめ）

クーデターを他国であるルドニア王国で勃発させるように仕向けたのも、ゼフュロスがクーデターを起こした事実を隠蔽するためだろう。さすがの皇帝とて、クーデターを起こした謀反人を処刑しないわけにはいかない。ゼフュロスに一目を置いていて、彼を娘婿としたいならば、謀反人ではなく友好国の王族である必要がある。

だから、クーデターを他国——ルドニア王国で起こさせるように仕向けたということだ。ついでに敗者であるメルクリウスと共にルドニア王国を滅ぼしてしまえば、ゼフュロスがクーデターを起こした事実は隠蔽される。『死人に口無し』というわけだ。

「本当に、とんでもなく恐ろしく、そして信じられないくらい腹黒なお方ですよ、我が舅殿は」

あやうく国を滅ぼされるところだったことを思えば、安堵すると同時に腹立たしいことこの上ない。ジロリと皇帝を睨みつけると皇帝はニヤニヤと楽しげに笑っていた。

それがまた腹立たしくて、メルクリウスが思わず舌打ちをしていると、ゼフュロスが力なく肩を落とした。

「……ではお前は、帝国がやって来た後から、推測した上で全てを準備したというのか？……この短期間で？」

唖然《あぜん》としたように言われ、こちらの方が驚いてしまう。

「当然でしょう？　僕はこの国を担う王太子だ。たとえ友好国が相手でも、他国の軍が入国する際には最大の注意を払うし、どんな些細《ささい》な違和感も見逃さない。それを今回も実行した結果、不穏な事態に陥る可能性が見えてきたため、それに備えただけの話だ。言ったでしょう？　防衛力とは兵力だけではない、と」

情報収集力と集めた情報を分析する能力、そして未来を予測する判断力と、物事を実行する行動力——これがルドニア王国が長い歴史の中で培ってきた防衛力だ。

ニヤリと笑ってやれば、ゼフュロスが言葉を失う。

そんな彼を見て、横から口を挟んできたのは皇帝だった。

「これが、アウローラの選んだ男だということだ、ネルウァ」

その一言に、アウローラは少し恥ずかしそうに俯いて、ゼフュロスは吐き出すように笑った。

「……降参です」

両手を上げて降伏の意を示すゼフュロスを、ルドニアの兵士が拘束する。

戦況から自分たちの敗北が明らかだったからか、ザハードの叛乱《はんらん》軍の中からも反対の言葉は出なかった。やがて全員が捕縛され、広間の中から退場する段になって、ゼフュロスがアウローラの方を見た。

「最後ですから言っておきますが、私は別にあなたの夫になりたかったわけではありません」

ムスッとした表情で突きつけられた宣言に、アウローラの方は「はあ⁉」という素っ頓狂な声をあげる。

だがゼフュロスの方は愉快そうな表情になり、軽快に笑いながら退場した。

満足げな、清々《すがすが》しい笑い声だった。

物々しい兵士達が去った広間で、メルクリウスは皇帝に向き直りにっこりと微笑んだ。

「……それで、僕は『ゲーム』に勝ったということでいいのでしょうか？」

これだけ苦労をさせられて「否」なんぞと言おうものなら、今度こそその赤毛をひん剝いてくれる、と思っていたが、もちろん口にはしなかった。

これに皇帝は下唇を突き出して子どものように口を尖らせる。

「……ふん。不本意だが、仕方ないな」

皇帝の口から出た肯定に、メルクリウスはパッと駆け出した。

向かう先は、もちろん最愛の妻のところだ。

「アウローラ！　これで君はようやく僕のものだ！」

アウローラは王妃に肩を抱かれて慰められているところだったが、メルクリウスがすっ飛んできたのでビックリした顔になる。

「えっ？　ええっ？」

自分たちが『白い結婚』であったことを知らないアウローラは、訳が分からないまま夫に抱き上げられて目を白黒させた。

「愛しているよ、アウローラ！」

ようやくこの人を本当に手に入れることができたのだと感極まったメルクリウスは、公衆の面前であるにもかかわらず、抱き上げた最愛の妻にキスをした。

微笑ましい王太子夫妻の戯れに周囲の者たちがワッと湧く中、皇帝が青筋を立てて怒鳴り出す。

「貴様、やめんか！　儂の娘に触るな！」

「あなたの娘かもしれませんが、もう僕の妻ですから」

渾身の怒声にもしれっとした顔で悪びれない婿に、舅は唾を飛ばして更に怒鳴った。

「けしからん！　貴様、『白い結婚』の約束を忘れていないだろうな⁉　十九歳になるまではまだお前の妻ではないぞ！　触るな！」

この台詞に反応を示したのは、怒鳴られた婿ではなかった。

「――は？」

絶対零度の声で聞き返すのは、メルクリウスに抱かれたアウローラだ。

万年雪のように冷たい娘の迫力に、皇帝が口元を押さえる。その顔には「しまった」と書かれている。

さもあらん。『白い結婚』であることは、アウローラ本人には内緒の話だった。

「『白い結婚』……？　それはどういうことなのですか、お父様」

「そ、それはだな、アウローラ……」

しどろもどろになる父帝を横目に、アウローラは黙ったまま目を閉じた。

（……ああ、アウローラの頭から計算する音が聞こえてきそう……）

彼女の明晰な頭脳が、『白い結婚』と言うヒントをもとに状況を分析し、正解を導き出すのが見えるようだ。

やがてカッと再び目を開いたアウローラは、メルクリウスの腕から逃れ、父帝のところにスタスタと歩いて行った。

「お父様。少しこちらでお話が」

「う、うむ……」

公然の場で話すようなことではないと判断したのだろう。

思い切り作り笑顔で言うと、皇帝の腕を取り引《ひ》き摺《ず》るように退場した。

（娘にたっぷりと怒られてくださいね）

ザマーミロ、とそれをニコニコと見送っていたメルクリウスは、ドアの前で愛妻がクルリとこちらを振り返ったのでドキリとする。

「あなたも来るのですよ、メルクリウス様」

いつもは甘く蕩けている琥珀色の目が笑っていない。

（……僕も叱られるということね……）

無論、彼女の怒りから免れるとは思っていなかったが、できれば舅と一緒はやめて欲しかった。

「はい……」

とほほ、と肩を下げ、愛妻の後を追う王太子に、叔父がニヤニヤと笑いながら「いい気味だな」と呟いた。

だが王太子はニヤリと不敵な笑みを浮かべて言い返す。

「……むしろご褒美ですよ。愛妻の尻には敷かれたいタイプなんです」

それを聞いた者たちが、「あの王太子妃がいれば、この国は安泰だ」と安堵したのは、言うまでもない。

＊＊＊

「え？　どうしてあの時キドラーと一緒に現れたのか、ですか？」

夜、夫婦の寝室で夫に髪を梳いてもらっている時に訊ねられて、アウローラは目を瞬く。

ゼフュロスの起こした謀反騒動から一週間が経過していた。

ゼフュロスら謀反人たちは全て捕らえられ、帝国へと送られた。謀反人とはいえ、その罪はルドニア王国ではなくサムルカ帝国で裁かれるべきであり、その沙汰は帝国へ戻ってから決められることになった。

(……多分、お母様が手を回してくださるはず……)

母はゼフュロスの母と親友だった。だからこそゼフュロスの母が乳母に選ばれたのだ。必然、ゼフュロスのことを我が子同然に可愛がっていたから、きっとなんとかするはずだ。そもそもクーデターを異国《ルドニア》で起こさせようと誘導したのも、母なのではないだろうかとアウローラは睨んでいた。

(クーデターとはいえ異国で起きたことなら、緘口令《かんこうれい》を敷いて国内の貴族たちの耳には入れないようにできるもの……)

本来なら謀反は一族郎党処刑される大罪だ。見逃されるなどあってはならないことだが、あの情に篤い母なら、なんとかして救いたいと思うはずだ。

(とはいえ、私やこの国を巻き込むなんて、本当に迷惑千万なのだけど!)

父にも母にもいい加減にしてくれと文句を言いたいが(父には散々言ってやったが)、この一件をメルクリウスが解決したことで、アウローラが正式に彼の妻に収まることができたことを思えば、口を噤むしかなかった。

(本当に、この結婚は『白い結婚』だったなんて……)

道理で自分が処女だった訳である。

（おかしいと思ったのよね。結婚して五年も経つのに、まだいたしてなかったなんて。国と国、そして王族の結婚でそんなことありえないもの。何か理由があるとは思っていたけれど、まさかお父様のゴリ押しだったとは……）

この事が発覚した後問い質すと、父は不貞《ふて》腐《くさ》れた顔で白状した。

『お前はまだ十三歳の少女だったのだ。無理をさせて死んでしまったらどうする！　それに、儂はお前を後継者にと考えていたからな。他所にくれてやる気はなかった』

あまりに堂々とそんな暴露をされて、アウローラは開いた口が塞がらなかった。

『後継者って……ハルーンお兄様がいるでしょう！　なぜ私なの!?』

ハルーンとは長兄の名前だ。現在サムルカ帝国の皇太子でもある。

『あれは良くも悪くも凡庸だ。お前は儂にそっくりだからな。その切れる頭脳と何事にも怯まない度量、そして即座に行動に移せる行動力は、女帝に相応しいと考えていた』

父に手放しで褒められて悪い気分はしないが、長兄が気の毒になってしまう。それに女帝になどなるつもりは毛頭ないので、父には諦めていただかなくてはならない。

『過去形でおっしゃいましたね。……ということは、今は違うということですか？』

アウローラが確認すると、父はやれやれと言ったように肩を上げた。

『好きな男を追いかけて外国まで飛んでいった娘が、五年経っても戻らないのだ。これはもう嫁にやったと諦めろとケレースに言われた』

（お母様、ありがとう……！）

母の援護射撃に感謝していると、父が「それに」と付け加えた。

『我が国は、少々大きくなりすぎた。これからは大きくすることではなく、国を整備することの方が重要になるだろう。それには儂やお前のように先頭を切って走る者ではなく、ハルーンのように立ち止まり皆の手を取って歩む者が適任だ』

穏やかで我慢強く、弟や妹たちの話に耳を傾けてくれる長兄を思い出し、アウローラは微笑んだ。

『ハルーンお兄様なら、きっと良い皇帝におなりでしょう。……それに、私も昔のままの私ではなくてよ。猪の子のように、先頭切って走り出すような真似はもうしないわ』

記憶にはないけれど、今の自分が昔の自分と考え方や立ち振る舞いが違うことを、アウローラはもう知っている。

『そうなのか？』

『ええ、そうよ。ちゃんと周囲を見て、周囲に合わせることを学んだの』

すると父は少し不満そうな表情になった。

『なんだそれは、つまらん』

父の価値観ではそうだろうな、と苦笑しながら、アウローラは続けた。

『自分の中の正当性だけを主張することはもうやめたの。国が変わるように、人も変わっていくのですわ、お父様。何が最良なのかを模索しながら、自分の望んだものを手に入れるために、あるいは、自分の幸福を求めて。私はこの国で、メルクリウス様の隣に立つために変わったのです。彼の傍が、私の生きる場所です』

父は黙ったままアウローラの話を聞いていたが、やがてため息をついて手招きした。

傍に寄ると、父の手が頭の上にポスリと乗った。

『大きくなったな、ワガママオレンジ』

懐かしい呼び名に、アウローラはクスリと笑う。

『もうワガママじゃないわ』

『そうだな。完全無欠の王太子妃、だったか。よく頑張ったのだな』

しみじみと感慨深く褒められて、じわりと涙が込み上げた。そうだ。ずっと頑張ってきた。だからそろそろ報われてもいいはずだ。

『そうよ。頑張ったの。だから、お父様も私のことを『ルドニアの王太子妃』だと認めてくださるわよね？』

もうメルクリウスが『ゲーム』に勝利したのだから、今更覆すことはしないだろうが、それでも父の口から確約が欲しかった。これが父と娘の約束なのだ。

アウローラの瞳をじっと見つめていた父が、フッとその眼差しを和らげた。

『――ああ。もちろんだとも。幸せにおなり、儂の可愛いワガママオレンジ』

柔らかい声色で約束してくれた父に、アウローラは抱きついて涙を流したのだった。

そして父は、謀反の翌日にあっさりと帰っていった。

ルドニア王国訪問の目的が『ゲーム』であったから、やりたいことを全てやり終えたのだろう。スッキリした顔で「ではまたな」と手を振った父に、なんとも複雑な気持ちになったものだ。

そんなこんなで後始末を終えて、ようやくゆっくりと二人の時間を持つことができたのは、騒動から一週間が経過した今夜だった。

やっと落ち着いたと思った矢先に、騒動の話を蒸し返されたので、アウローラは少しうんざりしてしまった。

「帝国に関するお話は、もうあんまりしたくないのですが……」

思わず訴えると、メルクリウスは苦笑いをしながらアウローラの髪にキスを落とす。

「そう言わないで。君はあの時どうしてキドラーと出会う事ができたのか、ずっと不思議だったんだ。君のところにゼフュロスの手の者が行くのは予測していたから、腕の立つ者ばかりで君の部屋の前を固めていたんだ。だからキドラーだろうが誰だろうが君の部屋に到達できなかったはずなんだけど……」

「ああ、それは私が自分から部屋を出たからですわ」

「……」

なんだそんなこと、と思いながらアウローラが答えると、メルクリウスは無言になった。

「部屋の前をたくさんの兵士が塞いでいたから、窓を伝って下の階に下りたのです」

「はぁ!?」

「ああ、ご心配なく。ちゃんと女官たちに手伝ってもらって、ロープで身体を縛って下りましたから、危ないことはしておりませんわ」

何か良からぬことが起きていることは分かっていたので、それを把握するために顔を隠し、城内を探ろうと思っていたのだ。ひとまず宴をしているはずだから、厨房《ちゅうぼう》は稼働しているはずだと厨房へ行こうとしたところ、典医と共に厨房の酒を調べているキドラーと鉢合わせしたというわけだ。

そう説明していると、わなわなと震えるメルクリウスに叱り飛ばされる。

「それの『どこが危ないことはしてない』なんだ!? 落ちたらどうするんだ!」

「で、ですから、ロープで身体を……」

「ロープの話はどうでもいい!」

メルクリウスに怒鳴られたのは初めてだった。アウローラは狼狽して、頭の中が真っ白になってしまう。

「君に何かあったら僕は狂うぞ！　それでもいいのか!?」

「えっ、くる……えっ!?」

何を言っているのだこの人は、と思いながらアワアワしていると、メルクリウスがガバリと抱き締めてきた。

彼の頭が自分の首元にきて、柔らかな髪が頰をくすぐる。

(……あ、メルクリウス様の匂い……)

湯上がりに使う香油のハーブと、柑橘《かんきつ》系の香りだ。

慣れた匂いにホッとしていると、呻くような声が聞こえてきた。

「頼むから、危ないことはしないでくれ。君に何かあったらと思うだけで寿命が縮まる気がする」

その気持ちは、アウローラにも十分分かる。メルクリウスに何かあったら、きっと自分も気が狂ってしまうだろう。

ゼフュロスがメルクリウスに銃口を向けた時、そして二人が揉み合って発砲された時のことを思い出し、アウローラの胃の底がヒヤリと冷たくなる。あの時ほど生きた心地がしなかったことはない。

「……ごめんなさい」

「……うん。僕も、怒鳴ったりしてごめん」

しょんぼりして謝ると、メルクリウスも謝ってくれた。なんとなく離れがたくて腕を伸ばしてメルクリウスの髪を撫でると、彼も同じようにアウローラの髪を指で梳《す》き始める。

抱き合ったまま彼の体温にうっとりとしていると、華やかな美貌が近づいてきて、コツリと額と額が合わさる。

「君が無事で良かった」

「……あなたが無事で良かった」

互いの無事を喜ぶ言葉で、アウローラはようやく全てが終わった実感が湧いてきた。

メルクリウスの頬に両手で触れると、その温《ぬく》もりで、凝り固まった神経が解れていくようだ。思えば、記憶を失ってから緊張続きの日々だったのだ。

「なんだか、記憶喪失になってからずっと、夢を見ている気分。お父様の訪問も、ゼフュロスの謀反も……なんだか起きたかと思うとあっという間に終わって、現実味がないの……」

独り言のように呟くと、メルクリウスに手首を摑まれ、キスをされた。

ちゅ、と啄むようなキスはすぐに離れる。彼の唇が離れてしまうのが惜しくて、追いかけるように顔を動かすと、低くくぐもった笑い声が聞こえた。

「僕の方こそ、夢みたいだ。君が本当にここにいて、永遠に僕の妻になったなんて」

夢だという内容が自分と全然違って、アウローラは少しおかしくなってしまう。

「夢じゃないわ。私はずっとここにいるのに」

だがメルクリウスは困ったように微笑んで、アウローラの額にもう一度口づけた。

「いつ君を奪われるか、ずっと怖かった」

囁くように言われ、アウローラはパッと顔を上げる。

至近距離で見た夫はいつも通り美しいけれど、その空色の瞳にはいつにない弱さが垣間《かいま》見《み》えて、アウローラの胸がきゅっと軋んだ。

「ずっと怖かった。義父君に君を連れ去られる夢を見て飛び起きたこともある」

確かに、彼が夜中にうなされているのを、アウローラも見たことがある。心配で声をかけて起こすと、彼は何も言わずアウローラを抱き締めた。

『悪夢を見たんだ。でも内容は忘れてしまった』

と冗談のように言っていたけれど、あの時もそうだったのではないか。

「そんな……言ってくださったら良かったのに！」

「……そうだな。君に言ってしまえば良かったんだ。そうすれば僕は気が楽になっただろうし、君と一緒に対策を練ることができただろうにね。……でも、意地を張っているようで恥ずかしいけれど、これは僕が一人で解決しなくてはいけないと思ったんだ。そうしなければ、義父君は僕を君の夫として認めてくれないだろうと」

「そ、それは……」

アウローラは口ごもった。

メルクリウスの意見にも一理ある。あの父のことだ。アウローラが協力していると知れば、アウローラが手助けできない形で『ゲーム』を提示したことだろう。

（それならまだいい方で、メルクリウス様が自分のお眼鏡にかなわない人物だと思えば、問答無用で私を帝国へ連れ帰ったでしょうね……）

無論、その際にはルドニア王国を滅ぼしていたことだろう。

（……本当に、我が親ながら、生きた人災と言っても過言ではないわね……）

いい年をしてペロリと舌を出す父の顔が脳裏に浮かんで、アウローラは頭を振ってそれを追い払った。

「大丈夫、夢なんかじゃないですわ！　私はここにいるし、ずっとあなたの妻ですから！」

メルクリウスを元気づけたくて力強くそう宣言すると、彼は夢見るような眼差しを向けてくる。

「本当に？」

「本当です！」

「永遠に？」

「永遠に！」

「生まれ変わっても？」

「う、生まれ変わ……？　変わっても！　もちろん！」

生まれ変わりなんてロマンティックなものを信じているのか、と思って戸惑ったが、メルクリウスが望んでくれるなら、これ以上の喜びはない。

アウローラが頷くと、メルクリウスはようやく満面の笑みを浮かべた。

「ああ、嬉しいよ、アウローラ。今世でも、来世でも、君を愛し続けると誓うよ」

熱烈な愛の言葉と共に唇を塞がれ、アウローラはベッドに押し倒される。

とさりと頭がシーツに付いた時には、すでに夜着が剝ぎ取られかけていた。

(は、早業!)

脱がす時の夫の手際が良すぎるのだが。

脱がされる間にもキスをされ、それにアウローラは翻弄されてしまい、何がなんだか分からない内に生まれたままの姿になっていた。

メルクリウスは自分の衣類もあっという間に脱ぎ去ると、アウローラの上に覆《おお》い被《かぶ》さって顔中にキスの雨を降らせる。キスはやがて下へと移動し、顎の先から首、鎖骨へと下ると、ささやかな乳房へと辿り着いた。

「可愛い」

独り言のように呟くと、メルクリウスはその頂きに成る小さな紅《あか》い実にパクりと喰《く》らい付く。

「んっ……!」

感じやすい尖りを刺激され、アウローラはビクリと肩を震わせた。

乳首は特に敏感な場所だった。メルクリウスはもちろんそれを知っているのだろう。温かい口の中で舌先で執拗に弄り回され、アウローラは身をくねらせて喘いだ。

「あっ、やぁ、メルクリウス様……ぁあっ、両方いっぺんに、ダメェっ」

しゃぶられていない方の乳首も指で捏ねられ、強すぎる快感に脳が蕩け出すのが分かった。思考が覚束《おぼつか》なくなるこの感覚が、アウローラは嫌いではない。

(それどころか……たぶん、すごく、好き……)

それを不思議だなと思う。アウローラは論理的に物事を考えるのが好きで、それができなくなるのが嫌いだ。だから思考が酩酊《めいてい》する酒もあまり好まない。

論理的な思考を保てなくなるのが怖いのだ。

それなのに快楽の酩酊は怖くない。

(きっと、快楽を与えてくれるのがメルクリウス様だからだわ)

彼にならば自分の全てを委ねられると、自分の身体も心も解《わか》っているのだ。

メルクリウスの手が華奢な身体を這い、細い太腿を撫でた。

互いの肌を触れ合わせるだけの微かな接触が、かえってアウローラの肌の感覚を鋭敏にする。するりと柔らかな内腿《うちもも》を撫でられると、電流のような快感が背筋を走り抜けた。

「んっ……！」

ブルリと背中を振るわせたアウローラに、メルクリウスは褒めるように優しく腰をさする。そのくせもう片方の手は脚の付け根の秘密の場所で蠢いていて、優しくない快楽を与えてくるのだ。

「あっ、気持ちい……それ、好き、メルクリウスさまぁ……！」

いきなり秘豆をいやらしく捏ねられて、アウローラは悲鳴のような声を上げた。

「分かっているよ。少ししか触っていないのに、もう可愛い突起がパンパンだ。もっと弄ってあげようね」

艶のある低い声で囁かれ、期待にゾクゾクとしてしまう。

「～～っ、ヒぁ、ああっ！」

指の腹でくるくると撫でられると、快感に腰が仰け反った。

（あ、お腹、熱いっ……！）

快楽の熾火《おきび》が下腹部で赤く燃えている。その熱で蕩けた女淫の奥から愛蜜が溢れ出してくるのが分かった。

「ふふ、ぬるぬるだ。気持ちいいね。アウローラ」

優しい囁きとともに、長い指が熱く熟れた泥濘に差し入れられる。

「んんっ……」

異物が蜜筒の媚肉を掻き分ける感触に、アウローラの肉体が期待に強張った。この熱く潤んだ虚《うろ》に、愛する雄の楔が欲しいのだ。

「すごい……熱くてトロトロなのに、僕の指に絡みついて締め付けてくる。今君の中に挿入ったら、頭が蕩けてしまいそうだな」

恍惚と呟くメルクリウスの息がわずかに荒くなっている。

彼も興奮してくれているのだと分かって、アウローラは嬉しくなった。

（……私も、して差し上げたい……）

それは以前からの願望だ。いつも自分ばかりいかされて、メルクリウスは達しないまま情事を終えてしまうのだ。

「メルクリウス様、私も……」

言いながら、アウローラは彼のそそり勃ったものへと手を伸ばした。

だがメルクリウスはその手をやんわりと遠ざける。

「君はそんなことをしなくていいんだ」

「またそんな……！　どうしていつも私にさせてくださらないの？　私では拙《つたな》いから？　私、自分だけいかされて、メルクリウス様は何もさせてくださらないのが、ずっと悲しかったのですよ！」

不満を爆発させたアウローラに、メルクリウスは驚いた顔になった。

「そんな……ただ僕は、君にこんなグロテスクな物を……って、アウローラ、今『ずっと』って言った……？」

「え？」

「僕が君に触れるだけの愛撫をしていたのは、君が記憶を無くす前の話だ」

「えっ⁉ ……本当ですか⁉」

無自覚だったアウローラは、その指摘に仰天して自分の額に手をやった。

目を閉じて自分の記憶を探れば、確かにこれまで消えていたはずの記憶が戻っている。

先ほどまで考えていたメルクリウスに最後までしてもらえない不安と焦燥がまず浮かび、ついで見覚えないはずの女官たちの顔が浮かんだ。皆ひどく冷たく、蔑むような目でこちらを見ている。この記憶は――。

「わ、私……この国に来て、ひどく無礼な態度を取って、女官たちを怒らせていたわ……これって……」

半泣きでメルクリウスを見れば、彼は顔を輝かせていた。

「君がこの国に来たばかりの時の記憶だよ！　アウローラ、思い出したんだね……！」

「お、思い出したけれど、最初に思い出すのがこんなに悲しい記憶ばかりだなんて！」

メルクリウスは嬉しそうだが、アウローラはなんだか釈然としない。

戻っている記憶はどうやら一部で、それも悲しいものばかりだ。

そう訴えると、メルクリウスは「ふむ」と顎に手を当てた。

「専門的なことは分からないけれど、記憶が戻るためには何かきっかけのようなものが必要なのかもしれないな。君の場合、『悲しい』という感情がそれだったのか……」

「なるほど……」

納得のいく仮説に感心していると、メルクリウスは安心させるように微笑んだ。

「大丈夫、その内全て思い出すよ。それに、思い出さなくたっていいんだ。これからまたたくさんの思い出を作っていくんだから」

彼らしい優しい励ましに、アウローラは釣られるようにして微笑み返す。

「愛しているわ。メルクリウス様」

「僕もだよ」

メルクリウスは啄むようなキスを落とした後、仰向けに寝転がっていたアウローラの身体を抱き起こした。

「……今夜はもう終わりですか？」

記憶が戻ったことに驚いて、雰囲気を壊してしまったせいだろうか、としょんぼりしていると、メルクリウスは驚いたように眉を上げた。

「まさか！　もう我慢しなくて良くなったというのに、そんなもったいないことするわけがないだろう！」

「我慢？　していたのですか？」

意外な発言に目を丸くすると、彼はフッと苦い笑みを浮かべた。

「していないはずないだろう？　愛する女性が目の前にいるのに、手を出せないまま五年だ。我慢し続けた僕の忍耐力を誉めてほしいね」

どうやら心からの発言のようで、眼差しが望洋と空中を見つめている。

だがアウローラは一つの疑問が浮かんで首を傾げた。

「でも……だったらどうしてあの時抱いてくださったのですか？」

五年もの月日を我慢し続けたというなら、なぜ父との約束を破って手を出したりしたのだろうか。状況によっては、それが発覚すれば戦争が起きた可能性もあるのに。

アウローラの質問に、メルクリウスはしばらく沈黙したが、やがて観念したように口を開いた。

「…………君が記憶を失って、僕のことをすっかり忘れてしまったから、焦ったんだ」

「え？」

これまた意外な理由に、アウローラは目をパチパチとさせた。

「君は賢く、いつでも最善の答えを導き出す能力がある。僕との思い出を失い愛情を忘れた君なら、この国を滅ぼさないことを条件に自ら帝国へ帰ると言い出しかねないからね」

「それは……」

確かに自分なら言いかねないな、と思わず言葉に詰まってしまう。そんな彼女の様子を見て、メルクリウスは深々とため息をついた。

「自分でも情けないと分かっている。生まれてもいない子どもを盾に君を引き止めようなんて、卑怯《ひきょう》極まりない。おまけにこの国を危機に陥らせるかもしれない愚策だ。王太子としても失格……分かっていても、君を失う恐怖の前には王太子としての責任感も義勇心も、無意味だった」

「メルクリウス様……」

あの時彼がそんな不安や葛藤を抱いていたなんて、思いもしなかった。

「それを……嬉しいと思ってしまう私も、王太子妃失格ですね」

メルクリウスが瞠目してこちらを見る。

「……君がそんなことを言うとは思わなかった」

「どうして？」

「君は……王太子として考え行動する僕を、尊敬してくれているから」

夫の青い目を見つめながら、アウローラは心のままに言葉を紡いだ。

「ええ、尊敬しています。でも愛する人に『何にも代え難い、失いたくないもの』と言われて、嬉しくない人間なんていないわ。……これも王太子妃としては間違っているけれど、でも、ここには今、あなたと私しかいないもの」

二人だけしかいない場所では、自分たちは王太子でも王太子妃でもない。

ただの愛し合う男と女だ。

「心のままに、言葉を重ねていいはずよ」

アウローラの言葉に続けるように、メルクリウスが言った。

「国よりも、民よりも、君を愛している。僕は君だけでいいんだ」

渾身の愛の言葉だと思った。生まれながらの地位も富も、そして王太子としての信条すらもかなぐり捨てて、メルクリウスは自分を欲してくれている。それを実感して、アウローラは涙が出た。

「私も……父より、母より、祖国より、あなたを愛しているわ。あなたを得るためだけに、私はこの国へ来たのよ」

泣きながら言った瞬間、アウローラの中に甘い記憶が蘇る。

帝国の宮殿で、初めてメルクリウスに会った時のことだ。

彼を見た瞬間、時が止まったように感じた。メルクリウスは異国の礼服を身に纏っていて、彼の周りだけ色が違って見えたのだ。

(この人だ、と思ったの)

自分が生涯かけて愛する、ただ一人の男性だと。

(同じことを、お父様も言っていた)

母を見た瞬間、運命の相手だと分かったのだと。

あの時の自分を信じて良かった。こうして、運命の相手と番《つが》うことができたのだから。

「アウローラ」

メルクリウスが優しいキスをくれた。

そのまま掻《か》き抱《いだ》くようにして腕の中に捕らわれ、胡座《あぐら》を描いた彼の膝の上に乗せられる。

「ん……」

向かい合って座る体勢で、聳り立つ彼の熱杭に蜜口を擦られた。張り出した傘の部分で敏感な肉芽を擦られて、甘い痺れに腰が揺れる。

「あ、あぁあっ」

メルクリウスがリズムをつけるように腰を揺さぶり、肉竿を陰唇に擦り付けるように動かし始めると、再び甘い快感に身体が蕩け出すのを感じた。

「アウローラ……」

浮かされたように名を呼ぶメルクリウスが、大きな手で妻の小さな尻を摑み、己のおしべの切先を蜜の滴る入口へと充てがう。青い瞳には肉欲の炎が揺らめいている。まるで獲物を狙う肉食獣のようで、アウローラはごくりと唾を呑んだ。

熱く硬い雄に己の内側を押し開かれる痛みにも似た快感を思い出し、身体が歓喜に戦慄《わなな》いた。

「来て」

うっとりと微笑みながら頷くと、メルクリウスが唸り声と共に腰を突き上げる。

「ヒァ、ぁあああ！」

ずぶり、と一突きで最奥まで抉《えぐ》られ、圧倒的な質量と快感に一気に高みに押し上げられた。

愉悦の光を見て痙攣する妻をかき抱きながら、それを追いかけるようにしてメルクリウスが激しく腰を打ちつける。

「ぁ、ああっ、ヒ、あぁ、や、き、気持ち、い、ぁあぁっ」

愉悦の混迷を漂う間にも、怒涛のように快感を叩きつけられ、アウローラの身体が人形のように揺れた。

切先の凸凹で内側の肉襞を抉られ、掻き回されて、内側に溜まり切った快感が熱く激って火の玉のようになっていく。

（ああ、気持ちいい、いく、いく、もう、また――）

愉悦の果てにあるもう一つの絶頂を見て、アウローラは声もなく身体を引き攣らせる。

蜜筒が呑み込んだ肉茎を食い締めるように収斂し始めた。蜜襞が絡みついて蠕動《ぜんどう》すると、中にいるおしべがドクンと痙攣して一回り大きくなった。

「……っ、アウローラ！」

呻くようなメルクリウスの声と同時に、ズドンと根元まで押し込まれた後、内側で彼が

爆《は》ぜる。ビュ、ビュ、と熱い射液を子宮に叩きつけられるのを感じながら、アウローラはゆっくりと瞼を閉じたのだった。

あとがき

このお話は、既刊『人嫌い公爵は若き新妻に恋をする』のスピンオフとなっております。

今回の主人公は、王太子メルクリウスくんと、その幼妻アウローラちゃん。『白い結婚』というややこしい状況を、愛の力でどう解決していくのかを、楽しんでいただけたら嬉しいです。

前作に引き続き、美麗なイラストを描いてくださったのは、蜂不二子先生です。初めてデータをいただいた時、主人公二人があまりに素敵に成長していて、感動してしまいました！　蜂先生、美しい二人を本当にありがとうございます！

そして遅筆な私を、辛抱強く指導してくださった担当編集者様。いつもありがとうございます！　これからも頑張ります……！

この本に関わってくださった全ての皆様に、感謝申し上げます。

最後に、ここまで読んでくださった皆様に、愛と感謝を込めて。

春日部こみと

腹黒王太子は政略結婚の幼な妻に愛を乞う

Vanilla文庫

2023年8月20日　第1刷発行　定価はカバーに表示してあります

著　者　春日部こみと　©KOMITO KASUKABE 2023
装　画　蜂 不二子
発行人　鈴木幸辰
発行所　株式会社ハーパーコリンズ・ジャパン
東京都千代田区大手町1-5-1
電話　03-6269-2883（営業）
0570-008091（読者サービス係）
印刷・製本　中央精版印刷株式会社

Printed in Japan ©K.K. HarperCollins Japan 2023 ISBN978-4-596-52324-2